講談社文庫

# 繁あね

## 美しい女たちの物語

山本周五郎



講談社

# 繁あね　美しい女たちの物語　目次

# 繁あね

## 美しい女たちの物語

# おさん

## 一の一

これ本当のことなの、本当にこうなっていいの、とおさんが云《い》った。それは二人が初めてそうなったときのことだ。そして、これが本当ならあした死んでも本望だわ、とも云った。言葉にすればありきたりで、いまさらという感じのものだろうが、そのときおさんは全身で哀れなほどふるえてい、歯と歯の触れあう音がしていた。世間にはありふれていることではあっても、それは人間が一生にいちど初めて口にする、しんじつで混りけのない言葉であった。おれはごく平凡な人間だった。職人の中でも「床の間大工」といわれ、床柱とか欄間《らんま》、または看板とか飾り板などに細工彫りをするのが職で、大茂《おおしげ》の参太《さんた》といえば相当に知られた名だとうぬぼれていた。行状だってちっとも自慢することはない、素人《しろうと》の娘、ひとのかみさん、なか（新吉原《しんよしわら》）には馴染《なじみ》もいたし品川《しながわ》も知っている、酔ったときにはけころと寝たこともあるくらいで、ただ、しんそこ惚《ほ》れた相手がなかった、というのが取り得といえばいえたかもしれない。としは二十四、仕事が面白《おもしろ》くなりだしたときだから、女のことなどはどっちでもよかった。おさんは大茂の帳場で中《なか》どんを勤めていた。吉原の若い衆の呼び名のようであるが、「中ばたらき」というくらいの意味だろう、いってみれば奥と職人とをかけもちで、茶をはこんだり、弁当の世話をするくらいで、それほど親しく知りあってはいなかった。あとで聞くと、おさんのほうではまえからおれのことが好きで、自分の気持を知ってもらいたいために、いろいろじつをつくしたということだ。そう云われてもおれにはなにも思いだせなかった。ちょっときれいな女だな、くらいなことは思ったろうが、自分が好かれているなどということはまったく気がつかなかった。それが十月十日の晩、ひょっとしたでき心でそうなってしまったのだ。その夜は親方の家で祝いがあった。親方とおかみさんが夫婦になってから、ちょうど十二年めに男の子が生れ、お七夜に親類や組合なかまや、町内の旦那《だんな》たちや、大茂から出た棟梁《とうりょう》たちが招かれた。派手《はで》なことの嫌《きら》いな親方だが、よっぽどうれしかったんだろう、おれたちはじめ追い廻《まわ》しの者にまで、八百政《やおまさ》の膳《ぜん》が配られ、酒が付けられた。おれはなかまでも酒に強いほうだから、いい気になって飲んでいるうちに酔いつぶれてしまい、眼《め》がさめてみると側《そば》におさんがいた。おれが手を伸ばすと、おさんの軀《からだ》はなんの抵抗もなくおれの上へ倒れかかってきた。そしてあれが起こったのだ、おれが抱き緊《し》めて、まだそれ以上になにをするつもりもなかったとき、おさんの軀の芯《しん》のほうで音がした。音とはいえないかもしれない、水を飲むときに喉《のど》がごくっという、音とも波動ともわかちがたい音、抱き緊めているおれの手に、それがはっきり感じられたのだ。おれはそれで夢中になった。おどろくほどしなやかで柔らかく、こっちの思うままに撓《しな》うぶな軀の芯で、そんなに強く反応するものがある、ということがおれを夢中にしてしまったらしい。そして、終ったとも思えないうちにおさんが云ったのだ。これ本当のことなの、本当にこうなってしまっていいの。全身でふるえ、力いっぱいしがみつきながら……。

## 二の一

行燈《あんどん》がまたたいた。油が少なくなったのだろう、行燈が生き物のように、明るく暗くまたたきをし、油皿《あぶらざら》で油の焦《こ》げる音がした。参太はたとう紙の上に並べた小判や小粒をみまもっていたが、油の焦げる匂《にお》いに気づいて振返り、手を伸ばして行燈を引きよせた。燈芯《とうしん》のぐあいを直し、油を注《つ》ぎ足すと、行燈は眼をさましたように明るくなった。

「二十三両」彼は向き直って、そこにある金を見やった、「二十三両と三分二朱か」

階段を登る足音が聞えた。参太はたとう紙の一方を折って、並べてある金を隠した。あがって来た足音は廊下《ろうか》をこっちへ近づいたが、そのまま通り過ぎていった。参太は胴巻《どうまき》と、革の財布《さいふ》と巾着《きんちゃく》を取り、二十両を胴巻へ入れてまるめ、三両二分を財布、残りを巾着へ入れた。そうして胴巻は枕《まくら》の下、財布は両掛《りょうがけ》の中、巾着を枕許《まくらもと》へと片づけてから、太息《といき》をついて火鉢《ひばち》の鉄瓶《てつびん》を取ろうとした。鉄瓶は冷たかった。彼は鉄瓶に触れてみてから、火箸《ひばし》を取って火をしらべた。火は立ち消えになって、白い灰をかぶった炭だけしかなかった。

「茶が欲しいな」と彼は火箸から手を放して呟《つぶや》いた、「――来るのか来ないのか、すっぽかしだとすると、いまのうちに茶を貰《もら》っておくほうがいいかな」

廊下を足音が戻《もど》って来て、停《とま》った。

「起きてて」と障子《しょうじ》の外で女の囁《ささや》く声がした、「もうすぐだから待っててね」

「茶が欲しいな」

「あら」と云って障子をあけ、女が覗《のぞ》いた、「そこにあるでしょ」

「水になっちまった、火が消えちゃってるんだ」

「持って来るわ」女は媚《こ》びた表情で頰笑《ほほえ》みかけた、「寝ないでね」

参太は膝《ひざ》の上の手をちょっと動かした。女は障子を閉めて去った。

彼はちょっと迷ってから、ふところ紙を一枚取ってひろげ、巾着の中から小粒を一つ出して包んだ。それを敷蒲団《しきぶとん》の下へ入れ、掛け夜具を捲《まく》って横になった。火鉢の火が消えていると知ってから、夜気の寒いことに気がついたのだ。夜具を顎《あご》のところまで引きよせて、参太は天床《てんじょう》を見まもった。雨漏りの跡のある煤《すす》けた天床で、行燈の光がその一部分をぼっと明るく染めていた。——二つ三つはなれた座敷で、笑い声が聞えた。夕方に来た四五人伴《づ》れの客である。この土地の者で、なにかの寄合の崩れだとか云ったが、みんな酔っていて、ばかな声で代る代る唄《うた》をうたっていた。一刻《いっとき》ばかりまえから静かになり、帰ったのかと思うと、ときどき笑い声が聞えて来る。参太はすぐに「やっているな」と直感した。どうせ友達同志の一文博奕《いちもんばくち》だろう、こっちは鉄火《てっか》場《ば》にも出入りするからだであるが、他人のこととなると、たとえ一文博奕でも背筋《せすじ》へ風がはいるような、不安な、おちつかない気分におそわれるのであった。

参太は眼をつむった。向うの座敷がまたしんとなり、眼の裏におさんの姿がうかんできた。顔かたちはどうしても思いだせないが、ぜんたいの姿と、そのときどきの身振り、泣き声や叫び声、訴えかける言葉などは、つい昨日《きのう》のもののように鮮《あざ》やかに、はっきりと記憶からよみがえってきた。

　彼はびくっとして眼をあいた。障子を忍びやかにあけて、女がはいって来たのだ。女は派手な色の寝衣《ねまき》に、しごきを前で結び、髪の毛を解《と》いていた。

「おおさぶい」女は火のはいった十能《じゆうのう》を持って、素足で火鉢へ近よった、「このうちのおかみさんがやかましいの、ゆうべのこと勘づいたらしいのよ」

「むりなまねをするなよ」

「来ちゃあいけなかったかしら」

「むりをするなって云うんだ」

「むりは承知のうえよ」女は火鉢へ火を移し、炭を加えてから鉄瓶を掛けた、「あたしこんなうちにみれんなんかないんだから」

「おれは明日ここを立つんだぜ」

「思ったとおりね」

「なにが」と参太は女を見た。

「あんたが立つことよ」女はしごきを解いてから行燈を消し、こっちへ来て、参太の横へすべり込んだ、「――冷たくってごめんなさい、ねえ、あたしお願いがあるの」

「断わっておくがおれは女房《にようぼう》持ちだぜ」

「おかみさんにしてくれなんてんじゃないの」と云って女は含み笑いをした、「――ちょっとのまこうさせてね、すぐにあったまるから、あたしの軀ってあったかいのよ」

一の二

あたしおかみさんにして貰おうなんて思わないのよ、とおさんは云《い》った。夫婦になろうと云いだしたのはおれのほうだ、あとでわかったのだが、おさんには親許で約束した男があり、その年が明けると祝言《しゅうげん》をする筈《はず》になっていた。おれは知らなかったからおさんを説《と》き伏せたうえ、親方の許しを得て世帯《しょたい》を持った。牛込《うしごめ》さかな町《ちょう》の喜平店《きへいだな》といい、路地の奥ではあったが一戸建ての家で、うしろが円法寺《えんぽうじ》という小さな寺の土《ど》塀《べい》になっていた。まだとしも若いし、かよいの職人で一戸建ての家は贅沢《ぜいたく》だが、おれにはそのほうがいいという勘《かん》があったし、二十日と経《た》たないうちに、自分の勘の当っていたことがわかった。それはそもそもの初めから、つまり、初めておさんを抱いたときからわかっていた、と云うほうが本当だろう。おれを夢中にさせたおさんのからだは、いっしょになるとすぐに、この世のものとも思えないほど深く、そして激しくおれを酔わせた。誰《だれ》でもこんなふうになるの、恥ずかしい、どうしてあんなになるのかしら、女っていやだわ、とおさんが云った。それは自分で気がついたからだ、誰でもというわけじゃない、おまえのからだがそう生れついたんだ、とおれは云ってやった。たいがいの者がそれほどには感じないんだ、そういうからだはごく稀《まれ》にしかないし、そう生んでくれた親を有難《ありがた》いと思わなければいけないんだ。いやだわ、恥ずかしい、あたし自分がいやになったわ、とおさんは云った。夫婦ぐらしもいちおうおちつき、気持にゆとりもできてからだ。ふしぎなことに、恥ずかしいと口ぐせのように云いだしてからあと、却《かえ》ってそれが激しくなった。おさんの軀には、ぜんたいに目のこまかな神経の網がひそんでいた。その網の目は極微にこまかく、異常に敏感であった。軀のどんな部分でも、たとえ手指の尖端《せんたん》にでも、そういう気持でちょっと触れば、すぐ全身に伝わって、こまかな神経の網目に波動と攣縮《れんしゅく》が起こり、それが眼の色や呼吸や、筋肉の収斂《しゅうれん》や、肢指《しし》や脊椎《せきつい》の屈伸に強くあらわれた。まったく意識しないものであり、いちど始まるとおさん自身にも止めることができなかった。正月になり二月になった。おれは一戸建ての家を借りてよかったと、つくづく思ったものだ。隣りが壁ひとえでもあったら、朝晩の挨拶《あいさつ》にも困ったことだろう。幸いうしろは寺の土塀だし、長屋とは六七間《けん》もはなれていた。近所の者には気づかれずに済んだが、辰造《たつぞう》は勘のいいやつで、そのうえ道楽者だから女には眼が肥《こ》えていたようだが、或《あ》るとき普請場《ふしんば》でずけりと云《い》やあがった。ひるの弁当のあとだ。まわりにはだいぶ職人がいて、辰造の云うことを聞いて笑った。意味をよくのみこめない笑いだが、おれはかっとなって辰造を殴《なぐ》りつけた。怒りではなかった。云われた言葉に怒ったのではない、自分だけしか知らないおさんのからだの秘密を、辰造に勘づかれていたということの嫉妬《しっと》だった。冗談だよ、気に障《さわ》ったら勘弁してくれ、と辰造はすぐにあやまった。ひとの女房のことなんかに気をまわすな、とおれは云ってやったが、図星をさされた恥ずかしさは隠しきれなかった。辰造はまたあやまったが、その眼は笑っていた。

## 二の二

「お湯が沸《わ》いたわ」と女が云った、「お茶を淹《い》れましょうね」

参太は黙ったままで手を放した。

「こら、この汗」衿《えり》を合わせながら起き直った女は、衿をひろげ、小さいけれどもこりっと緊《し》まった、双の乳房のあいだを撫《な》でた、「ごらんなさい、こんなよ」

「風邪《かぜ》をひくぜ」と参太が云った。

女は夜具の中からぬけ出し、しごきをしめて火鉢のほうへいった。行燈《あんどん》は消したままだが、すぐ近くにある廊下あかりで、茶を淹れるぐらいのことに不自由はなかった。あんた女房持ちだなんて嘘《うそ》でしょ、と女が手を動かしながら云った。女房持ちだよ、と参太が答えた。嘘よ、独り身《ひとりみ》とおかみさんのある人とはすぐにわかるわ、あたし昨日からちゃんと見ていたの、顔を洗うとき、ごはんを喰《た》べるとき、茶を飲むとき、それから寝るときもね、おかみさんのある人はやりっ放しだし、なんでも人にやらせようとするけれど、あんたは自分できちんとなんでもするし、手順もなめらかだわ、それは身のまわりのことを自分でする癖《くせ》のついている証拠よ、と女が云った。参太は眠そうな声で、欠伸《あくび》をしながら云い返した。自分のうちにいるときと旅とは誰だって違うだろう。女は茶道具を持ってこっちへ来、枕許へ置いて、自分は夜具の上へ坐《すわ》って茶を淹れた。

「どうしてそんなにおかみさんのあるふりをするの」と女が云った、「——はい、お茶」

参太はだるそうに腹這《はらば》いになり、女の手から湯呑《ゆのみ》を受取って、ゆっくりと茶を啜《すす》った。

「なにか女で懲《こ》りたことでもあるの」

「おだてるな」と参太が云った、「そんなにもてる柄《がら》じゃねえや」

「昔のことだけれど、あたし金さんって人を知ってたわ」と云いかけて、女は急にかぶりを振った、「ばかねえ、どうしてこんなことを云いだしたのかしら、——ねえ、お願いがあるのよ」

「女房持ちだって断わっておいたぜ」

「そんなことじゃないの、いっしょに江戸まで伴《つ》れてってもらいたいのよ」

参太は振向いて女を見た。

「迷惑はかけないわ」と女は云った、「自分の入費は自分で払うし、江戸へ着いたらすぐに別れるつもりよ、ねえ、お願い、道中だけおかみさんってことにして伴れていってちょうだいな」

「昨日はじめて会ったばかりだぜ」

「晩にどうして」女は眼に媚《こび》をみせた、「いくらこんな旅籠宿《はたごやど》の女中をしていたって。誰の云うことでもきくような女じゃあないわ、それともあんたにはそんな女にみえたの」

「どんな女ともみなかった、ただ、決して後悔はしないだろうと思ったな」

「させなかったつもりよ、そうでしょ」

「もう一杯もらおう」と参太は湯呑を女に渡した、「――どうして江戸へゆくんだ」

「田舎《いなか》がいやになったの」

「帰る家《うち》はあるのか」

「友達が両国《りょうごく》の近くにいるわ、料理茶屋に勤めているの」と女が云った、「まだ生きていればだけれど」

「生きていたって、女は身の上が変りやすいもんだぜ」

「その代り食いっぱぐれもないものよ」茶を淹れて参太に渡しながら、女は云った、「いいでしょ、伴れてってくれるわね」

「明日は早立ちだぜ」

「支度はできてるのよ」女が云った。

参太は興ざめたような眼《め》で女を見た、「――よっぽどあまい男にみえたんだな」

「たのもしいと思ったの」と女が云った、「お茶と菓子を持ってはいって来て、初めてあんたの顔を見たとたんに、たのもしい人だなって思ったのよ」

「どこかで聞いたようなせりふだぜ」

「しょっちゅうでしょ、女ならみんなそう思うだろうとおもうわ」女はそっと彼へ倚《よ》りかかった、「――よかった、これで安心したわ」

参太は湯呑を盆の上へ置いて横になった。女は掛け夜具のぐあいを直し、軀《からだ》をすべらせて、参太に抱きつきながら喉《のど》で低く笑った。

そしていっときのち、——参太は女の顔を見まもっていた。女は眉《まゆ》をしかめ、力をこめて眼をつむっていた。力をこめているために、上瞼《うわまぶた》にも皺《しわ》がよっていた。ひそめた眉と眉のあいだの皺は深く、刻《きざ》まれたようなはっきりした線を描き、そこに汗が溜《た》まっていた。半《なか》ばあいている口の両端は、耳のほうへ吊《つ》りあがり、そこにも急に力をこめたり、またゆるめたりするさまが認められた。いまだ、と参太は思った。

「おい」と彼は囁《ささや》いた、「おまえなんていうんだ」

女の激しい呼吸が止り、力をこめてつむっていた眼から、すうと力のゆるむのがみえた。上瞼の皺が平らになり、眉と眉のあいだがひらき、女は眩《まぶ》しそうに眼をあいた。

「なにか云って」

「いま云ったとおりさ」参太は声に意地の悪い調子を含めた、「聞えなかったのか」

「名を訊《き》いたんじゃなかったの」

「聞えたんだな」

「おふさよ」と云って、女は身悶《みもだ》えをした、「いやだわ、こんなときに名を訊くなんて、どうしたのよ」

参太は「いい名だな」と云った。

## 一の三

初めてあんたにお茶を持っていったとき、あんたの顔を見るなり好きになったのよ、とおさんは云った。出仕事にいっていて、親方と打合せがあって帰り、店で話していたとき茶を持って来たのだという。こっちはまるで知らなかった。女に不自由しなかったというより、仕事で頭がいっぱいだったからだ。同じとしごろでも、友達なかまでは暇《ひま》があるとそんな話ばかりする者があるし、いろごとなんぞにはまるっきり無頓着《むとんじやく》な者もいる。世の中に男と女がある以上、男が女をおもい女が男をおもうのは当然だろう。けれども、人間はそれだけで生きているものじゃあない、生きるためにはまず仕事というものがあるし、人並なことをしていたんでは満足に生きることはできない。いくらかましなくらしをしようと思えば、人にまねのできない仕事、誰も気づかないくふう、新しい手、といったものを作り出さなければならない。それはいつもたやすいことじゃあない、ほんの爪《つめ》の先ほどのくふうでも、あぶら汗をながし、し

ん の萎《な》えるほど苦しむことが少なくない。だからこそ、一とくふう仕上げたよろこびも大きいのだろう。男にとっては、惚《ほ》れた女をくどきおとすより、そういうときのよろこびのほうが深く大きいものだ。女との情事はめしのようだと云っては悪いか。人間は腹がへるとめしが食いたくなるが、喰べてしまえばめしのことなどは考えない。おれはわりにおくてだったが、それでもおさんと夫婦になるまえにかなりな数の女を知っていた。いろ恋というのではない、ちょうど腹がへってめしを食うようにだ。あとはさっぱりして、大部分の相手が顔も名も覚えてはいなかった。なかにいた女とは二年越し馴染《なじ》んだけれども、ただ口に馴れたという気やすさのためだったと思う。そんなふうだから、おさんのことなども眼にはいらなかったのだが、夫婦になってからは、それがびっくりするほど変った。夫婦の情事は空腹を満たすものではない、そういうものとはまるで違うのだ。単に男と女のまじわりではなく、一生の哀楽をともにする夫婦のお互いをむすびつけあうことなのだ。そのむすびつきのうちにお互いを慥《たし》かめあうことなのだ。おれがそう気づいたとき、おれをあんなにのぼせあがらせたおさんの軀が、おさんをおれから引きはなすことに気がついた。おさん自身でも止めることのできない、あの激しい陶酔がはじまると、おさんはそこにいなくなってしまう。完全な譫妄《せんもう》状態で、生きているのはその感覚だけだ。呻吟《しんぎん》も嗚咽《おえつ》もおさんのものではないし、ちぎれちぎれな呼びかけや訴えにもまったく意味がない。それはおれの知っているどんな女の場合にも似ていなかった。情事とはお互いがお互いの中に快楽を認めあうことだろう、与えることと受け止めることのよろこびではないか。おさんはそうではないのだ。初めはそうだったが、日が経《た》つにしたがってそうではなくなった。よろこびが始まるとともに自分も相手もいなくなってしまい、ただその感覚だけしか存在しなくなる。男がもっとも男らしく、女がもっとも女らしくむすびあう瞬間に、むすびあう一点だけが眼をさました生き物のように躍動しはじめ、その他のものはすべて押しのけられるのだ。それは陶酔ではなく、むしろそのたびになにかを失ってゆくような感じだった。そうしてやがて、その譫妄状態の中で、おさんは男の名を呼ぶようになった。初めてそれを聞いたときの気持はひどいものだった。失神しているようなありさまの中で、一と言はっきりと人の名を呼んだのだ。おれはいきなり胸へ錐《きり》でも突込まれたように、ほかに男がいるなと思った。いまでもあのときの気持は忘れることができない、ほかの場合ならともかく、そういう状態のさなかなのだ。自制をなくしているから、ふだん心に隠していたことが口に出た、そう思うのがあたりまえだろう。おれはおさんに男ができたと思った。ほかのこまかい感情をとりあげるまでもない。おれはおさんの肩を摑《つか》んで揺り起こし、相手はどこの誰だと問い詰め

た。おさんがはっきり意識をとり戻すまでにはいつも暇どる、おれはかっとなってい
たから、引きずり起こして頰《ほお》を打った。ごめんなさい、堪忍《かんにん》して、とおさんはまだは
っきりしないままあやまった。おれはなお二つ三つ平手打ちをくれ、おさんは怯《おび》えた
ようになって眼をさました。どうしたの、なにか気に障《さわ》るようなことをしたの、とお
さんが訊き返した。おれは殺気立っていた。本当に殺してやりたいとさえ思っていた
のだ。おさんはあっけにとられ、おれの気が狂いでもしたのではないかというような
眼つきで、じっとおれの顔をみつめていた。それからにっと微笑し、固くちぢめてい
た肩の力を抜くと、大きな息をつきながら云った。ああ驚いた。なにごとかと思った
わ、いやあねえあんたらしくもない、あたしが殺されたってそんなことのできる女じ
ゃないってこと、あんたにはちゃんとわかってるじゃないの。いいえ知らなかった
わ、あのときになるとあたしなんにもわからなくなるの、とおさんは云った。なんに
も見えないし聞えもしないし、自分がどうなっているかもわからないのよ。そうね、
そんな名前には覚えがないわ、ええ、死んだお父《と》っつぁんの名がそうだったわ、でも
まさかあんなときに、お父っつぁんの名を呼ぶなんていうことがあるかしら、そして
おさんは肩をすくめながら喉で笑った。なにかを隠しているとか、ごまかそうとして
いる、といったような感じはまったくなかった。うれしいわ、あんたにやきもちをや

いてもらえるなんて、こんなうれしいことはないわ、おさんはそう云っておれに抱きついた。

## 二の三

宿を出たのはまだ暗いうちだった。

九月にはいったばかりだが、山が近いので気温も低いし、濃い霧が巻いていて、すぐまぢかにある筈《はず》の山も見えなかった。早川の流れも眼の前にありながら、白く砕《くだ》ける波がおぼろげに見えるだけで、瀬音も霧にこもって遠近の差が感じられなかった。魚や野菜の荷を背負って登るあきんどたちと、すれちがいながら、三枚橋《さんまいばし》まで来て参太は立停《たちどま》った。おふさという女が、そこで待っていてくれ、と云ったのだ。

参太はなにも事情は訊かなかった。江戸までいっしょにゆくということ、江戸へはいったらすぐに別れること。それだけの約束であった。おふさという女にはしっかりとしたところがあるし、世間のことにも馴《な》れているようだ。旅に必要な手続きなどはもちろん、こっちの負担になることをするような心配もないらしい。参太のほうでも、旅の道伴れという以上の気持は少しもなかった。

振分《ふりわけ》の荷と、仕事道具の包を肩に、橋の袂《たもと》で立停ると、うしろで「おじちゃん」と呼びかける声がした。見ると、九つばかりになる子供がふところ手をして、半ば逃げ腰になったまま、きげんをとるように笑いかけた。

「よう」と参太が云った、「どうした、坊主《ぼうず》、まだこんなところにいたのか」

「おじちゃん乃里屋《のりや》に泊ってたね」

「おめえ藤沢《ふじさわ》へいったんじゃねえのか」

子供はさぐるような眼つきをし、低い声で答えた、「おれ、腹がへっちゃったんだよ」

「いまでもへってるのか」

子供はこっくりをし、すばやい眼つきであたりを見た。

「ここじゃどうしようもない、いっしょにゆこう」と参太が云った、「どこかに茶店でもあったらなにか食うさ」

子供はうわのそらで頷《うなず》いた。銭が欲しいんだな、と参太は思った。その子供とは沼《ぬま》津《づ》で会った。道を歩いているとうしろから来て呼びかけ、「おじちゃん、おれ腹がへっちゃったんだよ」と云った。着てるのは腰っきりのぼろ、顔も手足もまっ黒に陽《ひ》やけして、垢《あか》だらけで、髪の毛はぼうぼうと逆立《さかだ》ったままだし、もちろんはだしで、縄《なわ》の帯をしめていた。そのときは銭《ぜに》を与えたが、箱根《はこね》の宿でまた呼びとめられた。また腹がへっていると云うので、茶店で饅頭《まんじゅう》でも食わせようと思ったら、いそいで藤沢までゆかなければならないと答え、茶店へはいろうとはしなかった。そこでも銭を幾《いく》らかくれてやったのだが、三日経ったいま、この湯本の宿のはずれにいて、同じように「腹がへった」と呼びかけられた。しかも乃里屋に泊っていたことを知っているとすれば、自分のあとを跟《つ》けて来たのかもしれない。哀れっぽくもちかければすぐに銭を呉《く》れる、うまい鴨《かも》だとあまくみたか。たぶんうしろに親が付いているのだろう、と参太は推察した。

「お待ち遠さま」と云いながら、おふさが小走りにやって来た、「待たせちゃって済みません、忘れ物をして戻《もど》ったもんだから」

「おひろいでいいのか」

「歩くのは久しぶりよ、ああいい気持」と云っておふさは子供のほうを見た、「――おや、おまえはまたこんなところでうろうろしているのかい」

子供はあとじさりをした。

「その子を知ってるのか」

「ついて来ちゃだめ、あっちへおいで」おふさは子供にそう云《い》って歩きだした、「三年くらいまえからああやって、この街道《かいどう》をうろついては人にねだってるのよ、初めは乞食《こじき》の子かと思ったんだけれど、そうでもないらしいのね、家や親がないのか、自分でとびだしちゃったのかわからないけれど、ああやってうろうろしているのが好きらしいわ」

「まだ八つか九つくらいだろう」

「三年まえにそのくらいだったから、もう十一か二になるんでしょ、子守りか走り使いにでも雇ってやろうという者があっても決して寄りつかないの、あんな性分に生れついても困るわね」

参太は歩きながら振返ってみたが、子供の姿は霧に隠れて見えなかった。おふさは手甲《てつこう》をし脚絆《きやはん》を掛け、裾《すそ》を端折《はしょ》った上に塵除《ちりよ》けの被布《ひふ》をはおっていた。荷物は小さな風呂敷包《ふろしきづつみ》が一つで、頭は手拭《てぬぐい》のあねさまかぶり、いかにも旅馴れたような軽い拵《こしら》えであった。

「宿帳はどういうことになるんだ」と参太が訊いた、「兄妹《きょうだい》とでもするか」

「霧が晴れるわ、今日はいいお天気になってよ」と云っておふさは参太を見あげた、「——きまってるじゃないの、あんたのおかみさんよ」

「切手はどうする」

「あたしのほうをそうしておいたから大丈夫、迷惑はかけないって云ったでしょ」

礼でも云おうか、と云いかけて、参太は口をつぐんだ。この女とは今日で三日めのつきあいでしかないのに、どういうものかついこっちの口が軽くなる。彼は江戸の大《おお》茂《しげ》の帳場でも、ぶあいそと無口でとおっていたし、大坂《おおさか》で二年半くらしたが、そこでも同じように云われたたし、友達のような者は一人もできずじまいだった。それが乃里屋で泊った初めの夜半、ごくしぜんにおふさとそうなり、そして自分でいやになるほど、つい軽口が出てしまうのであった。

「ねえ、ほんとのこと聞かしてよ」とおふさが云った、「あんた独り身なんでしょ」

「諄《くど》いな、会いたければかみさんに会わしてやるぜ」

「あたしが押しかけ女房になりたがってるとでも思うの」

「除《よ》けろよ、馬が来るぜ」と参太は云った。

## 一の四

上方《かみがた》に仕事があるからいって来る、とおれが云いだしたとき、おさんはどうぞと答えた。おまえは待っているんだがいいか、と訊《き》いたら、ええ待っています、と頷いた。上方に仕事があるということが口実であり、このまま夫婦別れになるのではないか、と直感したようであった。いつ立つんですか。向うの都合でいそぐから、この二十五日に立つ予定だ。そう、では三日しかないのね、と云いながら眼《め》をそむけた。そのままなにも変ったようすはみせなかった。あんまり変らなすぎるので、おれのほうが却《かえ》っておちつかず、心が痛んだものだ。そして、明日いよいよ立つというまえの晩、おさんはがまんが切れたように、泣いてくどいた。あんたは別れるつもりでしょう、ごまかしてもだめ、あたしにはわかってるの、あんたは別れるつもりなのよ、とおさんは云った。おれは黙るよりしかたがなかった。どうしてなの、あたしのどこがいけないの、云ってちょうだい、なにが気にいらないの、まさか、あのひるがおのことじゃないでしょうね、と云っておさんは、涙の溜《た》まった眼でおれをみつめた。ひるがお、雨降り朝顔ともいう、あのつまらない花のことだ。そう云われて思いだしたのだが、夏の終りごろだったろう、茶簞笥《ちゃだんす》の上におれはその花をみつけたことがあった。朝顔に似ているがもっと小さな、薄桃のつまらない花を、古い白粉壺《おしろいつぼ》に活《い》けてあるのだ。その花を摘《つ》むと雨が降るって、子供のじぶんからいわれていた。迷信にきまってるが、誰でも知っていることだし職人は縁起をかつぐものだ。雨はおれたち職人にとって禁物だから、こういうことはよせと云った。ところがおさんはよさない、ひょいと気がつくとその花が活けてある。叱《しか》ってやると、おれの眼につかないところに活けておくというしまつだ。どういうつもりだ、とおれは問い詰めた。

——ごめんなさい、あたしこの花が可哀《かわい》そうでしようがないの、とおさんは云った。ほかのたいていな花は大事にされるのに、この花は誰の眼もひかない、地面に咲いていれば、人は平気で踏んづけていってしまう、それが可哀そうだから、つい摘んで来て活けてやりたくなるのよ。

おれはそれっきり小言は云わなかった。おさんはそのことが原因ではないかと思ったらしい。おれはあいまいに口を濁《にご》した。そうだとも、そうではないとも云わなかった。本当のことが話せたらいいのだが、口に出して云うわけにはいかなかった。夜のあのとき、おさんといっしょになるたびに、二人がそこから押しのけられ、おれが自分の中からいつもなにかを失うように感じる、という事実をどう説明することができるか。また幾たびか失神状態になるとき、おさんの口からもれる人の名を、いちいち訊き糺《ただ》すことの徒労（さめてから聞くと、それはたいてい幼いころの友達とか父の友人とか、少女時代に住んでいた長屋のこわい差配《さはい》、などというたぐいだったし、おさんに隠した男などがないことはもうはっきりしていた）が、どんなにみじめであり、しかも、やはり平気には聞きのがせない、という気持を云いあらわす言葉をおれは知らなかった。仕事が終れば帰って来るよ、とおれは繰り返した。きっとね、待ってるわよ、とおさんは云い、すぐにまた泣きだした。あんたにいなくなられたら、あたしはすぐだめになってしまう、すぐめちゃめちゃになってしまうわ、とおさんは云った。一年か二年はなれてみよう、おれは心の中でおさんに云った。そのあいだに事情が変るかもしれない、おさんの癖が直るかもしれないし、おれ自身がもっとおとなになって、おさんの癖に付いていけるようになるかもしれない。口には出さず、心の中でそう云った。しんじつそう思っていたからである。おれは家主《やぬし》の喜平《きへい》におさんのことを頼み、急な場合のために幾らか金も預《あず》けて、江戸を立った。すると、五十日と経《た》たないうちに、喜平から来た手紙で、おさんが男をひき入れているということを知った。男は辰造《たつぞう》であった。

二の四

「海が荒れてるのかしら」とおふさが云った、「あれ、波の音でしょ」

「酒がないんじゃないか」

「いまそう云ったところよ、あたしにもちょっと飲ませて」

「なんだ、すすめたときは首を振ったくせに」参太は燗徳利《かんどくり》を振ってみてから、それをおふさに渡した、「自分でやってくれ」

「あら、薄情なのね」

「おれは酌《しゃく》がへたなんだ」

「そのお猪口《ちょこ》でいただきたいわ」

「そっちにあるじゃないか」

「そのお猪口でいただきたいの」と云ってからおふさはいそいで指を一本立てた、「あ、大丈夫、あんたは女房持ち、わかってますよ」

参太は自分の盃《さかずき》をやった。そう海が近いとも思えないのに、波の音がかなり高く聞えてきた。まもなく、三十四五になるぶあいそな女中が、甘煮《うまに》と酒を持ってあらわれた。箱根と違って、この大磯《おおいそ》の宿《しゅく》は気温も高く、湯上がりの肌《はだ》には浴衣《ゆかた》一枚で充分だった。女中が去るのを待って、おふさは新しい盃を参太に取ってやり、酌をした。

「それからどうした」

「やっぱり半年そこそこ」とおふさが答えた、「その男とも別れちゃったわ」

「浮気性《うわきしょう》なんだな」

「そうじゃないとは云えないわね、自分ではいつも本気だったし、一生苦労をともにしようと思うんだけれど、どの男もすぐに底がみえて退屈で、退屈でやりきれなくなっちまうのよ」

「みれんは残らずか」

「そんなのは一人もなかったわ」おふさはそっと酒を啜《すす》った、「——浮気性っていうより、男みたいな性分に生れたんじゃないかと思うの、自分でよく考えるんだけれど、あたしには女らしい情あいというものがないらしいのね、女のする仕事も好きじゃないし、男の人にじつをつくすとか、こまかしく面倒をみてあげる、なんていう気持になれないのよ」

「そうでもないようだぜ」

「どうして」と云ってから、おふさは片手で頰《ほお》を押えながら参太を見て、急に眼のまわりをぼうと染めた、「いやだわ、あんたはべつよ、こんなこと初めてなの、よすわ」

「なにを」

「きざだもの」おふさは酒を啜ったが、眼のまわりはいっそう赤くなった、「それよりあんたのことを聞かせてよ、おかみさんてきれえな人、子供さんはなんにん」

「話すようなことはないが、子供はないし、かみさんだって、——」

「どうなの、ねえ」とおふさはからかうような眼をした、「きれいじゃないっていうの」

「病人のある家へいって寺の話をするなって云うぜ」

「なにが寺の話よ」

「なんでもないさ、めしにしよう」

「怒らしちゃったかしら、気に障《さわ》ったらあやまるわ、ごめんなさい」おふさはちょっと頭をさげた、「あたしどうかしちゃったみたいよ、自分で諄《くど》いことが嫌《きら》いなのに、こんなに諄いことばかり云うなんてわけがわからないわ」

「酔ったせいだろう、めしにしないか」

おふさは右手を畳《たたみ》へ突いた。膝《ひざ》の上にあった手の右のほうだけ、すべるように畳へ突き、俯向《うつむ》いて口をつぐんだ。急に酔が出たのだろう、参太が呼びかけようとすると、おふさはすばやく立ってゆき、廊下へ出て障子を閉めると、小走りに去る足音が聞えた。——参太はおふさのいなくなった膳《ぜん》の向うを、気ぬけのしたような眼でぼんやりと見まもった。行燈《あんどん》の灯《ひ》がまたたき、膳の上にある食器の影が動いた。波の音が際立《きわだ》って高く、一人っきりになった座敷の、しんとした空気をふるわせるように響いて来た。

「女があり男がある」参太は手酌で注《つ》いだ酒を、ゆっくりと啜りながら、呟《つぶや》いた、

「――かなしいもんだな」

彼は両親のことを思った。父の弥兵衛《やへえ》は大工の棟梁《とうりよう》だったが、吝嗇《りんしよく》なくせに人の好《い》い性分で、いつも損ばかりしていた。普請《ふしん》を請負《うけお》うたびに損をするか、たまに儲《もう》けたと思うとうまく騙《だま》されて金を貸し、相手に逃げられてしまう。酒は殆《ほと》んど飲まないし女あそびもしなかった。参太が五つのときと、八つのときと二度、その父親が深川《ふかがわ》あたりの芸妓《げいぎ》と逃げたことがあった。詳《くわ》しい事情はわからないが、母親のぐち話から推察すると、二度とも妓《おんな》に騙されたらしい。どっちの場合もかなり多額な金を使っているのに、三十日そこそこで父親は帰って来たようだ。華やいだ話はその二度だけで、あとはつきあい酒もろくに飲まず、下駄《げた》一足を買うのにさえ渋い顔をするといったような、およそ大工の棟梁という職とはかけはなれた、けちくさいくらしかたをしていた。母親は蔭《かげ》でこそぐちを云うが、良人《おつと》にさからったり、意見がましいことを云ったりするようなためしは一度もなかった。食事のおかず拵《ごしら》えをするのが好きで、銭を使わずにびっくりするほど美味《うま》い物を作ってくれた。人の好いところは良人に似ていて、頼まれるといやと云《い》うことができない。頼まれなくとも、人が困っているなとみると金や物を運んでやる。それに気づいたときの、父親の渋い顔を参太はよく覚えていた。

――二人はどういう縁で夫婦になったのか。

二人はお互いに満足していたのだろうか。参太はじっと思い返してみた。母は彼が十七のとしに死に、父親は二年おくれて死んだ。父のかけおちということはあったが、平生の生活は変化のないおちついたものであった。参太はいまでも忘れずにいるが、死ぬまえの年に、母は出入りの左官屋《さかんや》の女房と話していて、――たしか亭主《ていしゅ》が道楽ばかりして困る、と左官屋の女房が訴えていたのだと思う。それに対して母親はこう云ったものだ、――うちの人のように堅いばかりでも張合がない、あたしだってたまにはやきもちの一つもやいてみたいわ。左官屋の女房を慰《なぐさ》めるつもりもあったろうが、十六歳になっていた参太には、母親の口ぶりに本心が含まれていることを知ってすっかり驚かされた。

「ちょうどいい夫婦だったのかもしれないな」参太はそう呟いた、「世間のたいていの夫婦が似たようなもので、似たりよったりの一生を送るんだろう、おさんとおれのような場合はごく稀《まれ》なことに違いない」

おふさが戻って来た。燗徳利を二本持っていて、これを貰《もら》って来たの、と云いながら元の席へ坐《すわ》った。参太は女の顔を見ないようにしながら、おれはもうたくさんだと云った。そんなこと云わないで、機嫌《きげん》を直して飲んでちょうだい、とおふさが云った。

「怒ってなんかいやしない、おかしなやつだな」と参太は苦笑した、「よし、それじゃあと一本だけ飲もう、おれはそんなに飲めるくちじゃないんだ」

「ありがと」とおふさは微笑した、「いまつけるわね」

# 一の五

家主から知らせがあったあと、殆んど半年ちかく経《た》って、おさんから手紙が来た。おさんは字が書けない、誰《だれ》かに頼んだのだろう、女の手で、仮名《かな》文字だけ並べてあるが、判じ読みをしても意味のわからないところがたくさんあった。おさん自身が、自分の気持をどう云いあらわしていいかわからない、というところだろう、三尺以上もある手紙を要約すれば、「あなたのことを忘れるためにいろいろの人とつきあってみた、けれど、どうやってもあなたを忘れることができなくって苦しい、わたし自身は二度とあなたに会えない軀《からだ》になってしまった、それでもわたしには後悔はない、あなたと三日でも夫婦になれたら、それで死んでもいいと思ったのだから」そして終りに、江戸へ帰っても自分のゆくえは捜さないでくれ、と書いてあった。おれはその手紙を引裂《ひきさ》いて捨てた。おれのことを忘れるためにだって、いいかげんなことを云うな、おまえのからだが承知しなかったんだろう、そのことなしでは一と晩もすごせないから男をこしらえたんじゃないか、わかってるぞ、とおれは云ったっけ。これでけりはついた、江戸へ帰っても捜すようなことはないから心配するな。そしてまもなく、家主の喜平から二度めの手紙が来た。おさんが次つぎに男を伴《つ》れ込むので、長屋の女房たちがうるさいから家を明けてもらった、店賃《たなちん》の残りは預かってある、という文面だった。男は辰造だけではなかったんだ。おさんの手紙では要領を得なかったが、どうやら二人や三人ではないような感じだ。こいつは牛込へは帰れないな、とおれは思った。長屋の人たちにはもちろん、家主にだって合わせる顔はない。どうともなれ、当分は上方ぐらしだ、とおれは肚《はら》をきめた。おれはおさんを憎んだ。手を出したおれも悪いが、おさんが首を振ればなにごともなかったんだ。あとで聞くと、おさんには縁談のきまった相手がいたというし、おれはべつにむきになってたわけじゃない。酔いつぶれたあとの、ほんの出来ごころだった。眼《め》がさめたら側《そば》にいたから、ひよいと手を出した。くどこうなんて気持はこれっぽっちもなかった。それがわからない筈《はず》はない、わかっていておさんは身を任《まか》せた。あいつはまえからおれが好きだと云った。これでもういつ死んでもいいとさえ云った。その気持に嘘《うそ》がなければ、一年や二年、待っていられないということはないだろう。おれが博奕場《ばくちば》へ出入りするようになったのは、そのあとのことだった。それまでは花札《はなふだ》にも賽《さい》ころにも、手を触れたことさえなかった。おやじが嫌いだったし、博奕のために身をあやまった人間をいくたりも知っていたからである。おれはそれを忘れなかった。仕事があがって手間賃がはいると、それを三つに分ける、一つはくらしの分、一つは雑用、残った分だけ博奕をした。負ければそれっきり、他《ほか》の二つの分には絶対に手を付けないし、勝ち目にまわったときでも倍になったらそこでやめる。どんな鉄火場でもそれでとおした。死んだ親たちの気性が伝わっているのか、それ以上の欲もかかなかったし、ぼろをだすようなこともなかった。仕事のほうも案外うまくいってた。床の間の仕事は上方のほうが本元で、いい職人も少なくないが、型にはまったことしかしないためだろう、おれの江戸ふうな仕上げはかなり評判になった。噂《うわさ》に聞いたとおり、女もよし酒も喰《た》べ物《もの》もうまい。このまま上方に根をおろそうかと思ったくらいだが、二年めになったころからおちつかなくなった。魚も野菜も慥《たし》かにうまいし、料理のしかたもあっさりと凝《こ》っている。だがおれは、鯛《たい》の刺身《さしみ》より鰯《いわし》や秋刀魚《さんま》の塩焼のほうが恋しくなった。酒だって江戸のあっさりしたほうが口に合うし、初めはやさしいと思った女にしても、馴《な》れてみればべたべたした感じで、江戸の女たちのさらっとした肌合《はだあい》にはかなわない。おまけに仕事の交渉の面倒《めんどう》なことだ。飾り板一枚でもとことんまで値切られる、勘定払いはいいけれども、注文がきまるまでのやりとりにはうんざりさせられた。それが番たびのことだからだんだんいや気がさして来た。そこへ宗七《そうしち》から手紙が来た。宗七はおれの弟分で、年は二十一、まだ大茂《おおしげ》に住込んでいた。手紙は大茂の没落の知らせだった。年の暮になって店が火事で焼け、みんな着物一枚で逃げた。おかみさんと子供は危《あぶ》なく死ぬところだったが、親方はそのことでしんから怯《おび》えてしまったらしい。せっかく授《さず》かった子を二度とこんなめにあわせたくないと云って、八王子《はちおうじ》在の故郷へ引込んでしまった、ということであった。自分は浅草駒形《あさくさこまがた》の「大平《たいへい》」に住込んでいるが、とあって終りに、おさんのことが書いてあったのだ。京橋《きょうばし》二丁目に普請場があり、かよい仕事にいっていたとき、おさんの姿を認めたので、跟《つ》けていってみると炭《すみ》屋河岸《やがし》の裏長屋へはいった。近所でそれとなく訊《き》いたところ、作次《さくじ》という男といっしょだとわかった。男はすぐ近くの大鋸《おおが》町に妻子があり、どこかの料理茶屋の板前だそうだが、どうやらくらしは楽ではないようにみえた。よけいなことかもしれないが、辰あにいとのことは知っていると思う。辰あにいとはすぐ別れて、そのあと続けざまに幾人か男をつくったらしい。さかな町の家を出てからのことは知らないが、こんどの作次という男とも長いことはないだろう。参太あにいはいいときに別れたと思う、そういうように書いてあった。おれの気持はぐらつきだした。みれんは少しもないが、おさんが哀れに思えてきた。自分が上方へ来たのは、厄《やく》のがれをしたようなもので、その代りにおさんが独《ひと》りで厄を背負った、というふうな感じがし始めたのだ。江戸が恋しいのと、おさんをどうかしてやりたいという気持が、結局こうしておれを帰すことになった。関東の人間には上方の水は合わないという、慥かにそのとおりだ。おれはもう上方へは戻《もど》らないだろう、おさんがどんな事情になっているかわからないが、もしできることなら引取って、もういちどやり直してみてもいい。憐《あわ》れみや同情ではなく、傷つき病んでいる者に手を差出すように。やれるかどうか、やれるだろうか。幾人もの男から男へ渡った女を、また女房にすることができるか。いまは遠くはなれているから、哀れだという気持が先になる。現にその顔を見て、幾人もの男に触れた女だ、ということを思いだしたらどうだ。おさんが幾人もの男に抱かれたという事実は、生涯《しょうがい》二人に付いてまわるぞ。それでも夫婦としてくらしてゆけるか。はやまるなよ、いちじの哀れさに負けるな。自分ではいいつもりでよりを戻しても、いつかがまんできなくなって、また別れるようなことにでもなったら、こんどこそ取返しがつかないぞ。まあおちつけ、そうがたがたするな、おれも二十六になったんだ。えらそうな口をきくようだが、二年まえのおれとは少しは違っていると思う。おさん、この勝負はおまえとおれでつけるんだ、わかったな。おれはきっとおまえを捜しだしてみせるよ。

## 二の五

「外は白《しら》んできたわ」と云いながら、おふさがはいって来た、「眠ってるの」

参太は枕《まくら》の上で振向いた。おふさは掛け具を捲《まく》って、彼の横へ身をすべらせ、頬《ほお》ずりをしてから顔をはなした。

「朝顔が咲くのを見たわ」おふさは夜具の中で参太の手を引きよせた、「手洗鉢《ちょうずばち》の脇《わき》の袖垣《そでがき》に絡《から》まってるの、なにか動くようだからひょいと見たのよ、そうしたら朝顔の蕾《つぼみ》が開くところだったの」

「九月に朝顔が咲くのか」

「小さいの、これくらい」おふさは片手を出し、拇指《ぼし》と食指で大きさを示した、「それがまるで生きてるみたいに、いやだ、生きてるんだわね」おふさはくすっと笑った、「くるくるっと、こういうふうにほぐれるの、巻いている蕾がくるくるっとほぐれて、先のところにほころびができるの、着物のやつくちみたいに、ひょっとほころびができたと思うと、それがぱらぱらっとほどけて、ぽあーっと咲くの、――なにが可笑《おか》しいのよ」

「初めがくるくる、中がぱらぱら、そしてぽあーか、まあいいよ」

「かなしかったわ」とおふさは溜息《ためいき》をついて云った、「――九月の朝顔、時候はずれだから見る人もないでしょ、花も小さいし、実もならないかもしれないのに、蕾であってみればやっぱり咲かなければならない、そう思ったら哀れで哀れでしようがなかったわ」

参太は二た呼吸ほど黙っていて、「人間のほうがよっぽど」と云いかけたまま、寝返りを打っておふさに背を向けた。

「ねえ」暫《しばら》くしておふさが云った、「こっちへ向いて」

「一と眠りするんだ」

おふさは彼の背中へ抱きつき、全身をすりよせた。

「だってもう今日で別れるのよ」

「神奈川《かながわ》の宿で約束したろう、江戸にはかみさんがいる、今夜が最後だって」

「女房の待っている土地では浮気はできないって、そうよ、約束はしたわ」とおふさは囁《ささや》いた、「もし本当におかみさんが待っているなら、ね」

参太はじっとしていた。

「あんたあたしのこと嫌《きら》いじゃないでしょ」

「いまなんて云った」

「あたしのこと嫌いじゃないでしょって」

「そのまえにだ」と参太は遮《さえぎ》った、「――おまえなにか知ってるのか」

「だれ、あたし、――」おふさは彼の肩から顔をはなした、「知ってるってなにをよ」

「おれのかみさんのことだ、本当にかみさんが待っているならって、妙なことを云ったようだぜ」

「どこが妙なの、いやな人」おふさは含み笑いをした、「本当に待ってるかどうかって、そのくらいのこと訊《き》いたっていいじゃないの、あたしあんたが好きなんだもの」

「あとを云うな」参太はまた強く遮って云った、「初めから女房持ちだと断わってある、いっしょに旅をするのも江戸まで、江戸へはいったらすぐに別れるって、自分の口から云った筈《はず》だぜ」

「あたしは覚えのいいほうよ」

「ここは芝《しば》の露月町《ろうげつちょう》だ」

「この宿は飯田屋《いいだや》、よく覚えてるでしょ」とおふさは云った、「あんたこそ思いだしてよ、あたしいま、今日でお別れだって云ったじゃありませんか」

参太は黙った。

「ほんとのことを云うと、あたし男嫌いだったの」おふさはそっと参太の軀《からだ》からはなれながら云った、「何人もの男と世帯を持ったような話をしたけれど、あれはみんな嘘、——十六のとし嫁にいって半年でとびだしたっきり、男はあんたが初めてだったのよ」

参太はなにも云わなかった。

「あたしが口で云うより、あんたのほうでそれを勘づくと思ったわ」とおふさは続けた、「あんたはずいぶん女を知っているんでしょ、だからあたしがどんな話をしても、あんたにはからだで嘘がみぬけると思ったのよ」

参太はちょっとまをおいて訊いた、「どうしてそんなことを云いだすんだ」

「ほんとのことを聞いてもらいたかったの、これっきり別れるんですもの、ほんとのあたしを知っておいてもらいたかったのよ」

「親きょうだいのないのも嘘か」

「兄が一人いるわ、調布《ちょうふ》というところでお百姓をしているの」

「そこへ帰るんだな」

「あたし嫁にやられた家からとびだしたのよ、そんな土地へのこのこ帰れると思って、――まっぴらだわ、そんなこと死んでもごめん蒙《こうむ》るわ」

参太は口をつぐんだ。宿の者が起きたのだろう、表をあける音がし、勝手と思われるあたりで、人の声が聞え始めた。

「大磯で泊ったときのこと、覚えてる」とおふさが囁いた、「あたしが、こんなこと初めてよ、って云《い》ったこと、あんたを怒らせたのが悲しくなって、廊下へ泣きに出ていったこと、――恥ずかしい、ばかだわあたし、こんなこと決して云うまいときめていたのに、どうしたんでしょ、ああ恥ずかしい」そして参太の背中へ顔を押しつけながら云った、「お願いだから聞かなかったことにして、ね、いまのこと忘れちゃってちょうだい、お願いよ」

参太がやわらかに云った、「覚えていろの忘れちまえだの、おまえはむずかしいことばかり云うぜ」

「あんたのせえよ」夜具の中から云うため、おふさの声は鼻にこもったように聞えた、「あんたに会うまではこんなことはなかったわ、本当に、こんなだらしのないところを見せたことはなかったのよ」

「早くいい相手をみつけるんだな」背中を向けたまま参太が云った、「おまえはいいかみさんになるよ」

「あんたはだめなのね」

「もういちど云うが」

「女房持ち」とおふさが云った、「——あたしこうみえても芯《しん》の強いほうよ」

「大事にするんだな」と参太が云った、「おれはもう一と眠りするぜ」

## 二の六

炭屋河岸の小助店《こすけだな》という長屋から出て来ると、子供が駆けよって「おじちゃん」と呼びかけた。振向くと子供はにっと笑い、逃げ腰になりながら「おれ腹がへっちゃったんだよ」と云った。

「よう、どうした」と参太が云った、「おめえこんなところにいたのか」

塔《とう》の沢《さわ》からさがった、三枚橋のところで会った子供である。あのときと同じぼろを着、縄《なわ》の帯にはだしで、乞食《こじき》というよりも、山から迷い出て来た熊《くま》の仔《こ》、といった感じだった。

「あの女の人いっしょじゃないね」

「腹がへってるって云ったな」

子供は首を振った、「そんなでもない」

「箱根でもそう云ってたぜ」

「誰《だれ》にでもってわけじゃないさ」と云って子供は参太を見あげた、「おじちゃん、捜す人がいなかったらしいね」

「いなかった、——おめえ、おれが人を捜しに来たってことを知ってるのか」

「おじちゃんが訊いてるのを聞いちゃったんだ、これからまた大鋸町へ戻るのかい」

「きみの悪いやつだな、大鋸町のときから跟《つ》けていたのか」

「ずっとだよ、沼津からずっとさ、おじちゃん気がつかなかったのかい」

参太は子供の顔をみつめた、「大磯でも、藤沢でもか」

「神奈川じゃ柏屋《かしわや》で泊ったね」

「おどろいたな、どうして声をかけなかったんだ」

女の人がいたもの。女は嫌いか、と参太が訊いた。嫌いさ、女はみんながみがみ小言ばかり云うし、ひとを子供扱いにしやがる、女には近よらねえことにしているんだ、と子供は云った。

作次は長屋をひきはらった。今年の三月だという、おさんに男ができて、作次は酒びたりになり、おさんがいなくなった。作次は狂ったようにおさんを捜しまわったが、みつけだしたのかどうか、彼もまた長屋をとびだしてしまった。日本橋《にほんばし》の魚河岸《うおがし》で軽子《かるこ》でもしているらしい、そのあたりで酔いつぶれているのをよく見かける。長屋の者はそう云っていた。——初めに大鋸町を訪ねたが、作次の女房《にようぼう》はなにも云わなかった。そこも一と間きりの長屋で、これという家財道具はなく、がらんとした薄暗い部屋の中で、作次の女房は鼻緒《はなお》作りをしていた。もとは縹緻《きりよう》よしだったろう、眼鼻《めはな》や顔だちはととのっているが、哀れなほど窶《やつ》れて、頸《くび》や手などは乾《かわ》いた焚木《たきぎ》のように細かった。作次は炭屋河岸の小助店にいる、そう云うだけで、あとはなにを訊いても返辞をしなかった。七つと五つくらいの女の子に、よちよち歩きの男の子がいた。三人きょうだいなのだろう、三寸ばかりの竹切《たけぎれ》を使って遊んでいたが、誰かにないしょでやっているように、動作も静かだし、なにか云うのもひそひそ声であった。女房も三人の子供たちも、しまいまで参太を見ようとはしなかった。

「東は、——東だろうな水戸《みと》は」と子供は歩きながら話していた、「江戸から見ると北かな、おじちゃん東かい北かい」

「なにが」参太はわれに返ったように振返った。「うん水戸か、そうさ、東北かな」

「そっちは水戸までしかいかなかった、西は須磨《すま》ってところまでいったけどさ、こんどはおれ仙台《せんだい》までいってみようと思うんだ」
「うちや親たちはどこなんだ」
「いま話したじゃねえか、聞いていなかったのかい」子供は舌打ちをした、「丑年《うしどし》の大水でみんな死んじゃったただろう、おれは七つでさ、町預けになったけれどつまんねえから、きっぺと二人で逃げだしたんだ」
「それからずっとそうやってるのか」
「結構おもしろいぜ」と子供は続けた、「寝たくなれば好きなところで寝るし、行きたいところがあればどこへでもゆけるしさ、小言を云われる心配はねえし、使いや用をさせられることもねえんだから」
「腹はいつもへってるんだろう」
「あれはたんかだよ、これと見当をつけた人があるとあれをやるんだ、腹なんかへっちゃあいねえ、銭が欲しいときだけさ」そこで子供は仔細《しさい》らしく太息《といき》をついた、「――きっぺのやつはしっこしがねえのよ、三年めになったらくたびれちまったって、畳と蒲団《ふとん》が恋しくなったなんて、駿河《するが》の府中ってとこでふけちまやがった、ふん、いまごろはどこかで樽拾《たるひろ》いか子守りでもやらかされてるんだろうさ、こっちは一人になって却《かえ》ってさばさばしたけどね」

「そんなことをしていて、役人に捉《つか》まりゃあしないか」

「悪いこともしねえのにかい」子供は小さな肩を揺りあげ、ふんと鼻をならした、「たいてえの役人とはもう顔馴染《なじみ》なんだぜ、箱根《はこね》の関所なんぞ役人のほうから挨拶《あいさつ》してくれるよ」

「大した御威勢だな」

「大名なみとはいかねえさ」子供は舌を出したが、急に立停《たちどま》った、「おじちゃん、飯田屋へ帰るのか」

「荷物が預けてあるんだ」

「女の人が待ってるんだね」

「いやあしない、あれとは今朝いっしょに出て別れたよ」

ほんとかい。本当だ。またいっしょになるんだろう。どうして、と参太が訊いた。だってそんな気がするもの、あの女はくっ付いてはなれねえと思うな、と子供は云った。

「そんなことが気になるのか」

「おれは女が嫌いだって云ったじゃねえか」

「だからどうだっていうんだ」

子供は暫《しばら》く黙って歩いた。そして、よく考えていたというような口ぶりで、恥ずかしそうに云った。

「おれもね、もしなんだったら、ねえ」

だが参太はもう聞いていなかった。

作次のところから出ていったとすると、おさんを捜す手掛りはないと思った。しかしそうではない、作次はきちがいのようになって二人を捜しまわったという。それから仕事もせずに酒びたり、ついには長屋へも帰って来ず、魚河岸で軽子のようなことをしているということだ。ことによると、作次はおさんのいどころを知っているかもしれない。そうだ、捜し当てたとみるほうが筋がとおる、二人のいどころを突止めたが、おさんを伴《つ》れ戻《もど》す望みはなかった。それですっかりぐれだした。おそらくそんなところだろう、とにかく作次に当ってみることだ、と参太は思った。

「おまえなんていう名だ」

「おれのか」子供はさもうんざりと云いたげに首を振った、「おじちゃんはなんにも聞いてねえんだな、さっきそ云ったばかりじゃねえか、伊三《いさ》だよ、伊三郎《いさぶろう》ってんだってば」

「悪かった、そうか伊三だったけな」

「もう一つのほうも忘れたんじゃねえのか」

「なんのことだ」

「あれだ、どうもおかしいとは思ったよ、あんまりよしよし云うもんだから、——子供だと思ってばかにしてたんだな」

「怒るなよ、考えごとをしていたんだ」と云って参太は立停った。「おめえおれに頼まれてくんねえか」

「自分のことで頭がいっぱいなんだな」

「そっちの話も聞くよ、もういちど云ってみてくれ」

「おれのほうはあとだ」と伊三は小なまいきに片手を振った、「おじちゃんのほうを先にするから用を云ってくんな」

## 二の七

その夜の十時《ツ》すぎ、——参太は魚河岸《うおがし》の外《はず》れにある「吉兵衛《きちべえ》」という居酒屋で飲んでいた。まえの年に、飲食店の時間にきびしい制限が布令《ふれ》だされ、もちろん裏はあるにはちがいないが、この魚河岸はまるで別格のようで、表もあけたまま、軒提灯《のきぢょうちん》も掛けたまま、客は遠慮のない高ごえで、笑ったりうたったり、囃《はや》したてたりしていた。

「どうするのさ」と脇《わき》に腰掛けている伊三が、囁《ささや》き声で訊《き》いた、「なにを待ってるんだい」

参太は左手でそっと、伊三の腕を押えた。伊三は黙った。

作次はまだしらふのようにみえた。伊三が半日がかりで訊きまわり、毎晩、必ずこの「吉兵衛」へあらわれて飲みつぶれる、ということをさぐり出したのだ。参太は八時《五ツ》ころにここへ来て酒を注文し、伊三はめしを喰《た》べるととびだしていった。作次の来るのを見張るのだそうで、彼は自分の頼まれたことに、大きな責任と誇りを感じているようであった。参太はあまり飲めないほうだが、この賑《にぎ》やかな広い店の中では、舐《な》めるような彼の飲みかたもそれほど眼立たず、ようやく二本めに口をつけたとき、伊三が戻って来て作次のあらわれたことを告《つ》げた。

「おれ外へ出てるよ」と伊三が云った、「こういうところはおれにはまずいんだ、みんな見やあがるからね、いいだろう」

参太は頷《うなず》き、伊三は出ていった。

作次は壁際《かべぎわ》に並べた飯台《はんだい》の端《はし》に、独りはなれて腰を掛け、突出《つきだ》しの小皿《こざら》を二つ前にしたまま、ゆっくりした手つきで飲んでいた。年は三十六七、膏《あぶら》けのぬけた灰色の顔いていた。古びた印半纏《しるしばんてん》に股引《ももひき》、緒のゆるんだ草鞋《わらじ》を素足《すあし》にはいていた。——この店には女けはなかった。十二三から四五くらいまでの小僧たちが六人、いせいのいい声で注文をとおしたり、すばしこく酒肴《さけさかな》を運んだりしている。作次はいい客ではないらしく、見ていると、幾たびも呼ばなければ、小僧たちは近よらなかったし、注文を聞いてもあとまわしにされるようであった。

作次が燗徳利《かんどくり》をさかさまに振り、酒をしたむのを見て、参太は立ちあがった。近くにいた小僧を呼んで、向うへ移りたいと云うと、小僧は首を振った。店の定《さだ》めで知らない客同志が盃《さかずき》のやりとりをすることは断わると答えた。いや、あの男は知り合いなんだ、久し振で飲むんだから頼む、これは駄賃《だちん》だと云って、幾らかの銭を握らせた。そして酒と肴の追加を命じ、作次の脇へいって声をかけた。

「そうだ」と答えて作次は眼をあげた、「おらあ作次だが、なにか用か」

「ちょっと訊きたいことがあるんだ」と参太は穏やかに云《い》った。「飲みながらにしよう。ここへ掛けてもいいか」

作次は顎《あご》をしゃくった。参太は腰を掛け、小僧が参太の酒肴を持って来た。作次は無表情に、ぼんやりと前を見やっていたが、新しい酒が来、参太が酌《しゃく》をしてやると、飢えたもののように、四つ五つたて続けに飲んだ。それから初めて、いま飲んだ酒に気づいたというようすで、参太の顔を見て云った。

「おらあからっけつだぜ」

「たいしたことはないさ」と参太は酌をしてやりながら云った、「まずくなかったらやってくれ、ちっとは持ってるんだ」

「この店は夜明しやるんだ」

「そうだってな、おれは強くはないが、おめえのいいだけつきあうぜ」

「おめえの酌はへただな」と作次が云った、「徳利を置いてくれ、手酌でやるから」

「じゃあめいめいにしよう」

駄賃が効《き》いたのか、小僧が肴を二品ずつに、酒を四本持って来た。それを見たとたん、作次の眼が活《い》き活《い》きと光を帯《お》び、落ち窪んだ頰にも赤みがさすように感じられた。いいのか、親方、と作次が云った。これはたけえほうの酒だぜ。大丈夫だ、心配はかけないから飲むだけ飲んでくれ、と参太は答えた。こんなことは久し振だ、いや肴はいらない、このうちで食えるのは塩辛《しおから》だけだ、この店の鰹《かつお》の塩辛はちょっとしたものだが、この酒には合わない、肴はこの新香《しんこ》だけで充分だ。作次はそんなことを云いながら、香《こう》の物《もの》にも箸《はし》はつけず、いかにもうまそうに酒だけを飲み続けた。——訊きたいことがある、と参太が話しかけたことは忘れていたらしい。二合の燗徳利を四本あけるまで、参太にはわけのわからないことを、休みなしに独りで饒舌《しゃべ》り、独りで合槌《あいづち》を打っていた。そして、五本めに口をつけたとき、初めて思いだしたように、盃を持った手で参太を指さした。

「おめえ、さっきなにか訊くことがあるって云ったようだな」

「たいした話じゃあねえ、おさんのことだ」と参太は云い、云ったことを打ち消すように酒をすすめた、「まあ一ついこう、たまに一度ぐらいは酌をさせてくれ」

「親方とどこで会ったっけ、柳橋《やなぎばし》か」

「親方はよしてくれ」と参太が云った、「としからいったっておめえのほうがあにきだ、作あにいと呼んでもいいいか」

「としのことを云ってくれるな」作次は左手で頰杖《ほおづえ》を突き、顔を歪《ゆが》めた、「おさんか」と作次は遠い俤《おもかげ》を追うような眼つきで呟《つぶや》いた。

「あんな女はこの世に二人とはいねえな。可愛《かわい》いやつだった、頭のてっぺんから足の爪先《つまさき》まで、可愛さってものがぎっちり詰ってた、ほんとだぜ、この世でまたとあんな女に会えるもんじゃあねえ、一生に一度、おさんのような女に会ったら、それでもう死んでも思い残すことはねえと思う、ほんとだぜ」

作次の全感覚に、おさんの記憶がよみがえってくるのを、参太は認めた。一升ちかい酒の酔で感情も脆《もろ》くなったのだろう、作次の落ち窪んだ眼から、突然、涙が頬を伝ってこぼれおちた。彼は初めておさんと会ったときのことを話した。雪の降る日、九《く》段坂《だんざか》の途中で、おさんが足駄《あしだ》の鼻緒を切って困っていた。作次は自分の手拭《てぬぐい》を裂いて鼻緒をすげてやり、それから淡路町《あわじちょう》の鳥屋で、いっしょにめしを喰べた。時間にすれば半刻《はんとき》くらいだが、鳥屋を出たときには、二人はもう互いにのぼせあがっていた。

「あたしをあんたのものにして、と初めての晩おさんは云った」作次は頬杖を突いていた手で、ぎゅっと顎を摑《つか》んだ。「身も心も、残らずあんたのものにして、決してあたしをはなさないでちょうだいって、こっちの骨がきしむほど、手足でしがみつきながら云った」

作次は眼をつむった。参太は黙っていた。作次は自分の回想に全身で浸ってい、そこに参太が聞いていることなどは、まったく意識にないようにみえた。まわりの客は絶えず変っていた。腰を据《す》えて飲んでいるのは二た組か三組で、ほかの客はあっさり飲んですぐに引きあげる、「さあ、なかへとばそう」とか「そろそろ川を越そうか」などと云う声も聞えた。入れ替って来る客もたいてい同じようで、遊びにゆく下拵《したごしら》えに飲む、というふうであった。

「おらあ女房子を捨てた、おさんもそれまでいっしょにくらしていた男を捨てた」と作次は続けていた、「おれがしんけんだったのは断わるまでもねえ、おさんもしんじつおれが好きなようだった、——だが、あのときになると、いざっという間際《まぎわ》になると、おさんは夢中で男の名を呼びはじめる、おれの知らねえ男の名をだ、——それを聞くと、とたんにおれは、軀《からだ》ぜんたいが凍《こお》っちまうように思った」

新しい酒が来た。参太が作次の前へ置いてやると、彼は汁椀《しるわん》を取って、中の物はすっかり土間へあけ、酒をその汁椀へ注《つ》いで呷《あお》った。

「男にとってこれほど痛えことがあるか、おらあかっとなって、叩《たた》き起こしておさんを責めた、悪党が」と作次は呻《うめ》き声をあげ、左手で髪の毛を掴みしめた。「この悪党が、おさんを殴《なぐ》り、叩き倒し、足蹴《あしげ》にかけた、——可哀《かわい》そうに、おさんはあやまるばかりだった、自分ではなにも知らない、そんな男の名は知らない、夢中でわけがわからなくなっただけだ、あんたのほかにみれんのある男などはいない、どうか堪忍《かんにん》してくれって」

やっぱりそうだったのか、と参太は心の中で呟いた。あのたまゆらぐ一瞬のありさまが、こまかい部分まで鮮やかに思いだされる。おさんのからだにあらわれる異常な陶酔や、激しい呼吸や叫び声などが、そこにあるもののようにはっきりと感じられる。それをこの作次も味わったのだ、作次のその手や肌《はだ》が、おさんの肌を愛撫《あいぶ》し抱き緊《し》め、思うままにしたのである。そう考えながら、参太の気持には憎しみも嫉妬《しっと》も起こらなかった。おさんも哀れであり作次も哀れだった。ことに作次は男同志だから、深く傷ついた心の耐えがたい苦痛、というものがよくわかり、できるなら手を握って慰めてやりたいという衝動さえ感じた。

「いつ、どうしてそんなことになったのか、おらあ知らなかった」作次は話し続けていた、「或《あ》る日おれが帰ってみると、おさんはいなかった、百日足らずのくらしで、着物も二三枚、帯も二本作ってあった、もちろんほかにもこまごました物があるのに、みんなそのままで、なに一つ持ち出してはいない、だがおれには、おさんが家出をしたなとすぐにわかった、仕事が板前だから、帰りのおそくなるのはふつうだが、その日は宵《よい》の八時《五ツ》まえだった、まっ暗な家《うち》の中へはいって、行燈《あんどん》に火を入れたとき、きちんと片づいた、人けのない部屋を見まわしたとたんに、ああ出ていったな、とおれは思った」

そこまで話して、急に作次は参太のほうを見た。いま眼《め》がさめた、といったような眼つきで、自分の持っている汁椀を見、また参太の顔を見た。

「おめえ誰《だれ》だっけ」と作次は訊いた。

「おさんの兄だ」と参太が答えた、「おさんのいどころを捜しているって、さっき云つたじゃあねえか」

「そうか、――」作次は頭《こうべ》を垂《た》れ、垂れた頭を左右に振った、「おさんなら山谷《さんや》の棗《なつめ》店《だな》にいるよ、男の名は岩吉《いわきち》、まむしという仇名《あだな》のある遊び人だ」

「どうして捜し当てた」

「忘れちまった」作次は汁椀の酒を飲んだが、酒は口の端からこぼれて、股引《ももひき》の膝《ひざ》を濡《ぬ》らした、「忘れちまったが、おさんのような女の肌を知った男なら、誰だってきっと捜し出さずにゃあおかねえだろう、現に、――そうよ、現に炭屋河岸の長屋へも男が捜しに来た、牛込のほうでおさんとくらしていた男がな、まるっきり白痴《こけ》みてえになってたが、それでもどこをどう手繰《たぐ》ったものか捜し当てて来た、おさんはそういう女なんだ」

「それであにいは、伴《つ》れて帰らなかったのか」

「ああ」と作次は眼をつむり、殆《ほと》んど聞きとれないくらい低い声で云った、「おれを見たおさんの眼で諦《あきら》めた、男が邪魔をしたら、叩っ殺してもおさんを伴れ戻すつもりだった、ふところに刃物を隠していったんだが、――おさんの眼は他人の眼だった、おれを忘れたんじゃあねえ、覚えてはいるが、まったく縁のねえものを見る眼つきだった、――いっしょになって三四十日経《た》ってから、ときどきそういう眼つきをすることがあった、おれの顔をじいっとみつめている、どこの人だろう、といったような眼つきで、そこにおれという人間のいることが腑《ふ》におちない、といったような眼つきだった、——山谷のうちでは、それよりもっとよそよそしい、あかの他人を見るような眼つきなんだ、薄情も情のうちと云うが、そんなものさえ感じられなかった、それでおれは帰って来ちまったんだ」

参太は彼に酌をしてやり、それから静かな声で云った。

「大鋸《おおが》町のうちへ帰るほうがいいな」

作次はゆっくり参太を見た、「大鋸町がどうしたって」

「おかみさんや子供たちが待ってる、そっちのけりがついたんなら、いいかげんにうちへ帰るほうがいいと思うがな」

「死人《しびと》にうちがあるか」と作次は云った、「おれは死んじまった人間だ、ここにいるおれは」と彼は右手で自分の胸を摑んだ、「このおれは、死骸《しがい》も同然なんだ、それがおめえにわかるか」

「とにかく、大鋸町ではみんなが待っているぜ」

「おめえ、なんてえ名だ」ふっと作次の眼が光った、「さっき誰だとか云ったっけな」

「あいつの兄きだよ」

作次は突き刺すような眼で、参太の顔を凝視《ぎょうし》してい、それから歯を見せて冷笑した。

「云うことは同じだな」と作次は歯のあいだから云った、「——何番めの男だ」

参太は自分の盃《さかずき》に酒を注いだ。

「おめえはおさんの何番めの男だ」と作次がひそめた声で云った、「おい、聞えねえのか」

「聞いてるよ、酒がこぼれるぜ」

作次は汁椀を見、ふるえる手でそれを持つと、七分がたはいっている酒を一と息に飲みほした。参太はしおどきだと思い、小僧を呼んで勘定を命じた。作次は口の中でなにか呟きながら、ふと立ちあがって、土間の奥のほうへふらふらと歩いていった。参太は勘定を済ませたうえ、作次がもっと飲みたがったら飲ませてやるようにと云って、幾らかの銭を渡した。

「あの人はどうせ朝まで動きませんがね」と小僧は云った、「でもこんな時刻になって、親方はうちへ帰れるんですか」

「銭が口をきくからな」と参太は云った、「あの男を頼むよ」

参太は外へ出た。小網町《こあみちょう》までゆけば知っている船宿がある、そこで泊ってもよし、舟でまわって飯田屋へ帰ってもいいと思った。「吉兵衛」を出て、ほんの四五間歩いたとき、うしろから作次が追って来て呼びかけた。

「おいちょっと待ってくれ、話してえことがあるんだ」

参太は立停《たちどま》って振向いた。作次は喘《あえ》ぎながら近よって来た。すると、すぐ右手のほうで「おじちゃん危ねえ」と伊三の叫ぶ声がし、作次が参太におそいかかった。参太の眼にはその動作が、枯木でも倒れるようにぎごちなく、ひどく緩慢《かんまん》なものに見えたが、実際には非常にすばしこく、無意識にひょいと身を捻《ひね》るとたん、作次の手が参太の半纏《はんてん》を引き裂き、その肩が激しくぶち当って来た。参太はその力に打たれてよろめき、よろめいたまま横へとんだ。そのとき、作次の顔へ小石がばらばらと投げつけられ、「おじちゃん逃げなよ」と伊三の叫ぶのが聞えた。作次は左手で小石をよけながら右手をあげた。その手に出刃庖丁《でばぼうちょう》があるのを見、投げるつもりだと直感した参太は、すばやく身を跼《かが》めながら走りだした。いまか、いまかと、背中へ庖丁の突き刺さるのを予期しながら、雨戸を閉めた家並の暗い軒下づたいに、彼は夢中で走った。うしろで二度ばかり、作次の喚《わめ》き声がし、相当に距離ができたとわかったが、それでもなおけんめいに走り続けた。

「ばかなやつだ」と走りながら参太は呟《つぶや》いた、「なんて哀れなやつだろう」

## 二の八

小網町の河岸《かし》にあるその船宿「船正《ふなまさ》」を出たのは、明くる日の九時《五ツ半》ころであった。参太の知っていた女主人はおととし死んだそうで、おとよという娘が婿《むこ》をとり、まえより繁昌《はんじょう》しているようすだった。

「大茂を継《つ》ぐ人はいないんですか」朝めしのあと、裂けた半纏を繕《つくろ》いながらおとよがそう云った、「ひいきにしていただいたみなさん、どなたもおみえにならないんですよ、どうぞ参ちゃんだけはまたいらしってね」そこで慌《あわ》てて口へ片手を当て、肩をすくめながら羞《はにか》み笑いをした、「ごめんなさい、いい親方になったのに参ちゃんだなんて、つい小さいときの癖が出ちゃったんですよ」

「参ちゃんか、なつかしいな」と参太は微笑した、「長いことそう呼ばれたことはなかった、それを聞いて初めて、江戸へ帰ったという気持になったよ」

「まさか怒ったんじゃないでしょうね」

「参ちゃんか」と彼はまた云った、「おちついたらやって来るよ、親方なんてえ柄《がら》じゃあねえ、これからもずっとそう呼んでもらいたいな」

山谷へゆくと云ったら、およは舟にしろとすすめた。しかし参太はそれを断わって「船正」の店を出た。時刻が九時過ぎなので、道にはあまり人どおりがなかった。参太は両国橋のほうへ歩いてゆきながら、ときどきうしろへ振返った。伊三が出て来るかと思ったのであるが、伊三もあらわれないし、作次の姿も見えず、浜町《はまちょう》の手前で戻《もど》り駕籠《かご》をひろい、そのまま山谷へ向った。

棗店《なつめだな》は山谷町ではなく、ずっとはずれの、山谷浅草町にある長屋だった。そこから先は家がなく、茶色に実った稲田のあいだを、乾いた道が千住《せんじゅ》のほうまで続いてい、仕置場や、火葬寺の林などが眺《なが》められた。長屋は八棟《むね》あり、岩吉のいた家はすぐにわかったが、そこにはべつの者が住んでいた。その女房《にょうぼう》はなにも知らず、差配《さはい》を教えてくれたので通りへ戻り、小さな荒物屋《あらものや》をやっている太助《たすけ》の店を訪ねた。——差配の太助も留守で、五十六七になる女房が袋貼《ふくろは》りをしていた。岩吉のことを訊《き》くと、女房はぎょっとしたようすで、袋貼りの手を休め、疑《うたが》わしげに参太の顔を見まもった。

「あなたはどなたです」と女房は咎《とが》めるように訊き返した、「親類の方ですか」

「まあそんなところだが、——おさんというかみさんがいたでしょう」

「いましたよ、いいおかみさんでした、岩吉なんていう男にはもったいないくらいいいおかみさんでしたよ」

「二人で引越したんですか」

「引越しですって」女房は吃驚《びっくり》したような眼つきになった、「じゃあ、あんたはなにも知らないんですね」

女房の口ぶりに、参太は不吉なものを感じて、すぐには言葉が出なかった。

「おかみさんは殺されましたよ」と女房は云《い》った、「ええ、岩吉のやつにね」

参太は唇《くちびる》を舐《な》めた。

「殺された」と彼はねむそうな声で、ゆっくりと反問した、「おさんが、殺されたっていうんですか」

「七月中旬でしたかね、おかみさんが男をつくったとかなんとか、やきもちのあげくってことでした、匕首《あいくち》で五ところも刺されて外へ逃げだしたところを、追って出た岩吉のやつにまた刺されて、井戸のところで倒れたまんま死んだんです」

参太はするどく顔を歪《ゆが》め、右手を拳《こぶし》にして太腿《ふともも》のところへ押しつけた。

岩吉はすぐに自首して、いまは石川島《いしかわじま》の牢《ろう》にいるらしい、やがて八丈《はちじょう》へ送られるという噂《うわさ》である。おさんは身寄《みより》の者がわからないで、真慶寺《しんけいじ》の無縁墓へ葬《ほうむ》った。——女房がそう話すのを、黙って頷《うなず》きながら聞き終り、まもなく、参太はその家から出た。

まったく思いがけないことでもあり、また、そんな結果になるだろうと、心のどこかで予想していたようにも思えた。

「結局、おさんは独りで厄《やく》を背負ったんだな」歩きながら彼は呟いた、「おれはこうして生きている、おれはいつも逃げた、おさんからも逃げたし、ゆうべは作次からも逃げた、――みんなは逃げなかった、おさんは殺されるまで自分から逃げなかったし、作次はあんな姿になるのもいとわなかった、そして岩吉はいま牢にいるというし、牛込のほうの男は白痴《こけ》のようになってしまったそうだ」

参太は立停った。駕籠がゆき、馬に荷を積んだ馬子《まご》がゆき、浪人ふうの三人伴《づ》れが、彼を不審そうに見ながら通りすぎた。

「しんけい寺とかいったな」暫《しばら》くしてそう呟き、その自分の声で参太はわれに返った、「――慥《たし》かしんけい寺と聞いたようだ」と彼は自分を慥かめるように、声を出して云った、「この近くだろうな、訊いてみよう」

真慶寺はそこから四五丁先にあった。そこは寺と寺にはさまれていて、あまりいい檀家《だんか》がないのか、小さな黒い山門も片方へかしいでいたし、境内《けいだい》には雑草が伸び、墓地には石塔の倒れたままになっているのが眼立《めだ》った。庫裡《くり》へ寄るつもりだったが、死んでから供養《くよう》するのもそらぞらしいし、そんなことでおさんがうかばれもしまいと思い、そのまま墓地へはいっていった。――無縁墓は隅《すみ》のほうにあった。土饅頭《どまんじゅう》だけで墓標もなく、卒塔婆《そとば》がざっと五六本立っていた。参太は墓を一とまわりしたが、ふと足もとの地面に、なにか眼を惹《ひ》くものがあるようなので、注意して見ると、小さな花が咲いているのに気がついた。そして、それがひるがおの花だとわかったとき、彼はどきんと胸を突かれたように感じ、かなり長いあいだ、口をあいたままでぼんやりとその小さな花を見おろしていた。

## 一の六

ありがとう、覚えていてくれたのね。おれは無縁墓の前にしゃがみ、摘み取ったひるがおの花を一輪、黒い土の上に置いた。あんたがその花で怒ったんじゃないってこと、いまのあたしにはわかるのよ、でもあんたはいっちまったわね。おれは合掌《がっしょう》しようとしたが、できなかった。ただ頭をさげ、眼をつむって、勘弁してくれと心の中であやまった。あんたはいてくれなくっちゃいけなかったのよ、あたしそう云ったでしょ、あんたに捨てられたらめちゃくちゃになっちまうって、あたし泣いてあんたに頼んだ筈《はず》よ。覚えてるよ、しかしおれはおまえを捨てたんじゃあない、きっと帰って来ると約束したし、帰って来るつもりだったんだ。あんたはあたしを放しちゃあいけなかったのよ、あたしのからだの癖を知っていたでしょ、あんたはあたしがこういうからだに生れついたことを、仕合《しあわ》せなんだって云ったわね、こういうからだに生んでくれた親たちを、有難《ありがた》いと思わなければならないって、そうでしょう。そうだ、おれはそのとおりのことを云った。けれどもよく考えてみればそうではない、そういうからだ癖は却《かえ》って不幸の元になった。おさん自身でもどうにもならないそのからだが、おさんをほろぼすほうへ押しやったのだ。あんたがいてくれれば、こんなことにはならなかったのよ。いや、それはわからない、しんじつおれはがまんができなかったんだ。あんたがよ、あんたはがまんができなかった、なぜがまんができなかったのか、あたしにはわからなかったわ、なぜわけを云ってくれなかったの、はっきり云ってくれれば、あの癖を直すことだってできたかもしれないじゃないの、どうして云ってくれなかったの、どうして。おれには答えようがない、ことがことだけに、どうにも口には出せなかった、一年か二年はなれていれば、どうにかおさまるんじゃないかと思ったんだ。あたし辛《つら》かったわ。うん、よくわかるよ。わかるもんですか、あんたはそのとおり丈夫で生きている、これから好きな人をおかみさんに持って、親方とか棟梁《とうりょう》とか云われるようになるんでしょ、あたしがあんたを忘れようと思って、男から男をわたり歩き、それでもあんたのことが忘れられないで、また次の男にすがってみてもだめ、自分もめちゃめちゃになるし、相手の男たちもみんなだめにしてしまったのよ、この辛さ苦しさがあんたにわかってたまるものですか。そうだ、そのとおりかもしれない、勘弁してくれ。おれはようやくおさんと会っているような気持になれた。生きていたおさんよりも、もっとおさんらしいおさんと会っているように。するとおさんはやさしくなった。あたし、あんたを怨《うら》んではいないわ、あんたといっしょになったとき、これでもう死んでもいいと云ったでしょ、あたしあんたのおかみさんになって、一年たらずだったけれど夫婦ぐらしをしたんですもの、それで本望だったし、そのあとのあたしはもうこのあたしじゃあなかったのよ、死んだからもういいだろうけれど、生きていたらあんたには会えなかったわ、江戸へ帰って来ても捜さないでちょうだいって、いつか手紙をあげたわね、生きていたとすれば、たとえあんたがどう云おうと、あたしは決して会わなかったわ。おれはそうはさせないつもりだった、むりにでもおまえを引取って、もういちど二人でやり直す気でいたんだ。いいえだめ、このほうがいいの、あたしはこうなるように生れついていたのよ、二十三で死んだけれど、人の三倍も生きたような気がするの、たのしさも、苦しさも辛さもよ、おまいりに来てくれてありがとう、うれしかったわ。おれはもっと頭をさげ、堪忍《かんにん》してくれ、と声に出して云った。おさんはもうなにも云わないようであった。

# 二の九

参太が墓地を出ようとすると、傍《かたわ》らの雑木林の中から伊三があらわれた。

「びっくりさせるな」参太は本当に驚かされた、「どうした、どこから跟《つ》けて来たんだ」

「ずっとさ」伊三は鼻をこすった、「飯田屋までいってみて、いないんで今朝はやく引返して来たんだ」

「飯田屋へ泊ったのか」

「宿屋なんかに泊りゃあしねえさ、寝るところなんざどこにでもあるよ」

参太は歩きだしながら云った。ゆうべの男はどうした。酔いつぶれて道ばたへ寝ちまったよ。どうしておれをみつけだした。引返して来て小網町まで来ると、うしろ姿が見えたんだ。声をかければよかったのに、おれもおまえが来るかと待っていたんだぞ。迷ったんだよ。なにを迷った。黙っていっちゃおうか、それとも別れを云ってからにしようかってさ。おまえゆうべなにか云ったな、なにか頼みがあるっていうようなことを云やあしなかったか。もういいんだよ、忘れちゃってくれよ。話すだけ話してみろ、ゆうべは危ねえところをおまえのおかげで助かった、礼と云うときざだが、おれにできることなら力になるぜ、話してみろよ、と参太は云った。

「話してもむだなんだがな」と伊三は考えぶかそうに云った、「おれねえ、ほんとのこと云うともう十二になるし、いいかげんにおちつこうかと思ったんだ」

「そう気がつけばなによりだ」

「おじちゃんのこと好きだしさ」と伊三は続けた、「できるなら弟子にしてもらってさ、半人なみでもいいから職人になりてえって思ったんだよ」

「それが本気ならよろこんで」

「いけねえんだ」と伊三は首を振って遮《さえぎ》った、「それがだめなんだ、おれが女は嫌いだって云ったのを覚えてるだろ」

「聞いたようだな」

「女がおじちゃんを待ってるんだ」

参太はぞっと総毛立《そうけだ》った。おさんが待っている、というふうに聞えたからだ。参太は立停《たちどま》って伊三を見た。

「誰《だれ》が、――待ってるって」

「箱根からいっしょに来た女さ」と伊三は逃げ腰になりながら答えた、「飯田屋へいって訊いてみたらさ、おじちゃんは帰らねえかって、番頭が云っているところへあの女の人が出て来たんだ」

「あれとはちゃんと別れたぜ」

「おれを見てあの女の人はどなりつけた、おまえまだあの人にくっついてるのかい、承知しないよってさ」伊三は黄色い歯をみせて、おとなびた含み笑いをした、「あたしたちに近よるんじゃない、わかったかいってさ、おっかねえ顔だったぜおじちゃん」

「あの女とは初めから話がついてるんだ、これから帰ってはっきりきまりをつける、あいつのことなんか心配するなよ」

「だめだな」伊三はまた首を振った、「おれはずっと街道ぐらしをしてきたから、人間の善《よ》し悪《あ》しはわかるんだ、なまいき云うようだけどさ、あの人はおじちゃんからはなれやあしねえよ、みててみな、どんなことをしたってはなれやあしねえから」

「ちょっと待て、まあ待てったら」

「おれ、やっぱり仙台へいってみるよ」伊三はうしろさがりに遠のきながら云った、「そのほうがまだ性に合ってるらしいからね、あばよ、おじちゃん」

参太は黙って見ていた。伊三はもういちどあばよと云い、くるっと向き直って、千住のほうへ駆けだした。彼の足もとから、白っぽい土埃《つちぼこり》が舞い立ち、小さなその躰《からだ》はみるみるうちに遠ざかっていった。

「おふさが待っているか」と参太は口の中で呟《つぶや》いた、「——にんげん生きているうちは、終りということはないんだな」

# 三十二刻

一

「到頭《とうとう》はじめました」

「そうか」

「長門《ながと》どのでも疋田《ひきだ》でも互いに一族を集めております。大手の木戸を打ちましたし、両家の付近では町人共が立退《たちの》きを始めています」

「ではわしはすぐ登城しよう」

「いやただ今お触令《ふれ》がございまして、何分の知らせをするまで家から出ぬようにとのことです。騒動が拡《ひろ》がってはならぬという思召《おぼしめし》でしょう。しかし用意だけはいたしておきます」

父と兄とが口早に話している隣りの部屋から、娘の宇女《うめ》が間の襖《ふすま》を開けて現われた……面長《おもなが》のおっとりとした顔だちであるが、今は色も蒼《あお》ざめ、双眸《ひとみ》にも落着かぬ光があった。

「兄上さま、ただ今のお話は本当でございますか」

「いま見てきたところだ」

「疋田でも一族を集めておりますの？」

「それを訊《き》いてどうする」

父の嘉右衛門《かえもん》が睨《にら》みつけるのを、宇女は少しも臆《おく》せずに見返して、

「次第によってはわたくし、すぐにまいらねばなりません」

「なにを馬鹿《ばか》な、おまえは疋田を去られたのだぞ。どんなことが起ころうと疋田とはもう関《かか》わりはないのだ。いいから向うへ退《さが》っておれ」

「わたくし疋田の妻でございます」

宇女は平然と云《い》った。

「……お舅《しゅうと》さまの仰付《おおせつ》けで一時この家へ戻ってはおりますが、まだ主馬《しゅめ》から離別された覚えはございませぬ」

「理屈はどうあろうと、嫁《か》した家から荷物ともども実家へ戻されれば離別に相違あるまい、この方に申分こそあれ、疋田に負うべき義理はないのだ、動くことならんぞ」

「宇女……退っておれ」

兄の金之助《きんのすけ》がめくばせをしながら云った。宇女はもういちど父の顔を見上げた。そして落着いた声で、

「父上さま、宇女は疋田の嫁でございます」

そう云って静かに立った。

嘉右衛門はぎろっとその後姿を睨んだが、それ以上なにも云おうとはしなかった。金之助は家士を呼ぶために立っていった……このあいだに自分の居間へ入った宇女は、手早く着替を出して包み、髪を撫《な》でつけ、懐剣《かいけん》を帯に差込むと、仏間へ行って静かに端座《たんざ》した。

宇女が疋田家へ嫁したのは去年、寛永《かんえい》十七年（一六四〇）の二月であった……疋田は秋田藩佐竹《あきたはんさたけ》家の老職で二千三百石《ごく》だし、宇女の家は平徒士《ひらかち》で二百石余の小身だったが、疋田の嗣子《しし》主馬が宇女をみそめ、たっての望みで縁が結ばれたのである。嘉右衛門は初めから反対だった。身分が違いすぎるのと舅になる疋田図書《ひきだずしょ》が権高な一徹人で、この縁組をなかなか承知しなかったという事実を知っていたからである。しかしついには主馬の懇望が通って祝言《しゅうげん》が挙《あ》げられ、宇女は疋田家へ輿入《こしい》れをした……良人《おっと》は愛してくれたけれども家格の相違に比例して生活の様式も違うし、そのうえ家士と小者を加えると八十人に余る家族なので、異なった習慣に馴《な》れつつこの人数の台所を

預《あず》かる苦心は大抵のことではなかった。

良人の主馬は中小姓であった。そして新婚半年にして、主君修理大夫《しゅりだいぶ》義隆《よしたか》に侍《じ》して江戸へ去った。参勤《さんきん》の供《とも》だから一年有半の別れである。出立の前夜、彼は妻を呼んで云った。

——初めての留守だ、父上と家のことを頼むぞ。

その他にはなにも云わなかったが、良人から初めて聞く「頼む」という言葉は、宇女の心を強く引緊《ひきし》めた。

舅の図書とはそれまでほとんど接触がなかった。別棟になっている彼の居間へ朝夕の挨拶《あいさつ》に出るだけで食事も身辺の世話も若い家士たちがしてきたのである……それが、主馬が江戸へ出立すると共に、急に宇女に命ぜられるようになった、なぜそうなったかということは間もなく分った。つまり初めから宇女を嫌っていた図書は、主馬の留守の間に彼女を疋田家からおおうとしたのである。そして宇女がそう気付くより先に、図書はそうする口実を握ってしまった。

——家風に合わず、主馬が帰藩のうえ仔細《しさい》の挨拶をする。

という口上で、その年の霜月《しもつき》に実家へ帰された。数日後には持っていった荷物も返されてきた。

怒った嘉右衛門が何度も交渉したが、疋田ではすべて主馬が戻ったうえでと云って退《ひ》かない。またそれを押切ることのできない身分の懸隔《けんかく》もあって、離別とも、一時の別居ともつかぬ形のまま年を越し、すでに弥生《やよい》なかばの今日に至っているのであった。

「母さま、宇女は疋田へ帰ります」

彼女は仏壇に香を炷《た》いて合掌した。

「家の事を頼むと云って、良人は安心して出府《しゅっぷ》いたしました。いま疋田には大変な騒動が起こっております。わたくしこれからまいりますが、今度はもう戻ってはきません。お別れでございます」

眼を閉じて、ややしばらく頭を垂《た》れていたが、やがて立上ると、包みを背にくりつけ、長押《なげし》の薙刀《なぎなた》を取下ろして玄関へ出ていった。

「……宇女」

金之助がそっと追ってきた。

「やはり行くか」

「兄上さま」

宇女は振返って兄を見上げた……微笑さえ含んだ静かな眼であった。金之助も愛情の籠《こも》った眼で妹を瞶《みつ》めながら頷《うなず》いた。

「よし行け、骨は拾ってやるぞ」

二

将監台下《しょうげんだい》にある疋田家は沸返っていた。

家士に鎧櫃《よろいびつ》を背負わせた老人や、具足《ぐそく》を着け、大槍《おおやり》を担《かつ》いだ若武者や、騎馬で乗りつける人々が、八文字に押開いた表門の中へ踵《くびす》を接するばかりに吸込まれていく……その度に、門前から奥まで到着した人の名が呼上げられ、高々と歓声があがった。

老いも若きも、みんな息を弾《はず》ませ、眼を輝かしていた。

「よう来たな、玄蕃《げんば》腰が伸びるか」

「吐《ぬ》かせ、わしが来ずに戦《いくさ》ができるか。お主こそ老眼で過《あやま》ちすなよ」

「伝七《でんしち》、功名競《くら》べだぞ」

「なにを、長門の首は拙者《せっしゃ》のものだ」

そんな応酬が元気に飛んだ。

「すぐに奥へお通りください。すぐに奥へ……」

家士たちが連呼していた。

壕《ほり》をめぐらしたこの屋敷は広さ三町歩に余る。厚さ三尺もある築地塀《ついじべい》が三方を囲み、背後は将監台の叢林《そうりん》と崖《がけ》になっていた。構の中には百坪足らずの母屋《おもや》が鍵形《かぎがた》に延び、高廊架《たかろうか》で別棟の隠居所と通じている。武庫《むこ》が三棟、厩《うまや》二、家士長屋三、他に小者部屋、物置作事場などの建物がある。作事場は疋田家が藩から委託《いたく》された火薬製造所であって、その改良研究が図書の任務の一になっていた……これらの建物のほかは、ほとんど菜園であった。

乗着けてきて繫《つな》がれた馬は、厩前から武庫の方まではみだし、昂《たか》ぶった嘶《いなな》きや蹄《ひづめ》で地面を蹴立《けた》てる響きが、右往左往する家士や小者たちの物々しいざわめきを縫って、屋敷いっぱいに異常な緊張感を漲《みなぎ》らせた……到着した人々はただちに広間へ通った。全部で六十人を越したであろう、一刻《いっとき》足らずの内に疋田一族はほとんど顔が揃《そろ》った。

疋田図書が出てきた。

彼は五十九歳で、一寸も厚みのある白髪《しらが》まじりの濃い眉《まゆ》と、並外れて巨《おお》きな眼とが、色の黒い骨張った顔をひどく圧倒的なものにしている。背丈は六尺一寸。「図書どのが高下駄を穿《は》いて傘を差すとお城の門につかえる」と云われたくらいであった。

「いずれも、早々に御苦労なことじゃ」

座につくとすぐ、彼はよく徹《とお》る力の籠った声で云った。

「かねて承知の通り、山脇《やまわき》長門との悶着《もんちゃく》の間柄であったが、このたびついにかような事に相成ってしまった。お上《かみ》のお留守中ではあり、堪忍《かんにん》のなる限りはしてきたのだが、これ以上の忍耐は卑怯《ひきよう》の貶《そしり》をまぬかれない。この白髪首を賭《か》けて武道の面目《めんぼく》を立てるつもりじゃ」

「だが、よく聞いてもらおう」

図書は一座を見廻《みまわ》して続けた。

「……このたびの事は長門とわしの喧嘩《けんか》じゃ、一族おのおのにはなんの関わり合いもない。こうして駈込《かけこ》んでくれたのは過分に思うが、どうかおのおのにはこのまま立退《たちの》いてもらいたい」

「なにこのまま帰れと仰有《おつしや》るか」

「成り申さぬ、さようなこと不承知じゃ」

「我等は妻子と水盃《みずさかずき》をしてきたのじゃ」

「不承知でござるぞ」

「我等は一歩も動きませんぞ」

一時に皆が騒ぎだした。

しかし図書は黙ってその鎮《しず》まるのを待っていた……彼には一族の人々の気持がよく分っている。彼等が図書のため、疋田家の名聞《みようもん》のために死のうとしてきたことはたしかだ。しかしその他にもう一つ理由がある。それは秋田藩《あきた》に於《お》ける廻座《まわりざ》と家中《かちゆう》との長い反目不和《はんもくふわ》であった。

佐竹《さたけ》家はもと常陸《ひたち》の地で四十万石余を領していたが、秋田へ転封されるに当って半地の二十万五千石に減ぜられた……その時、水戸時代に佐竹へ貢《みつぎ》していた近国の大名十九人が、その城地を捨てて新たに秋田へ随身してきた。この人々を「引渡し廻座」と称し、家中譜代とは別格に待遇されていた。譜代の家臣たちからみれば、しかし彼等はもと降参人である。伊達《だて》や上杉《うえすぎ》や、北条《ほうじよう》、里見《さとみ》などの諸勢力に覗《ねら》われることを怖《おそ》れ、佐竹の翼下に庇護《ひご》を乞《こ》うた人々である。佐竹が秋田へ移封されるに当って、もし随身しなければ改易離散に及ぶ運命にあったのだ。

――たかが食客同然の者ではないか。

家中の臣にはそういう肚《はら》があった。ところでこれに対して廻座の人々には、自分たちがかつては、小さくとも一城の主《あるじ》だったという矜恃《きようじ》がある。それで廻座という別格の位置を楯《たて》に横車を押す事が多かった。

# 三

山脇長門は廻座の肝入格《きもいりかく》であり、疋田図書は譜代中での名門である。二人は互いの性格が合わぬだけでなく「廻座」と「譜代」と、対立する勢力の代表的位置のために、長いあいだ悶着を繰返してきた間柄にあった。

それがついに来るところへ来たのだ。

廻座の者は政治に参与することを許されていない。これはその格別の位置によるものであるが、それが長いこと彼等の不満の種であった。政権を与えられない格別の待遇は床の飾物だ。そこで彼等は参政の権利を持とうとしはじめた……むろん譜代の人々は反対である。なかんずく疋田図書は矢表に立って、廻座の特殊な位置を説《と》き、はっきり譜代とのけじめをつけた。

——廻座は幕府に於《お》ける外様《とざま》である。幕府の政務が譜代の手にあるが如《ごと》く、お家に於ても政治は譜代の者が執《と》るべきである。

図書の説は、主筋の佐竹一門もこれを推《お》すところとなり、廻座一統の希望は潰滅《かいめつ》した……長門と図書との争いはこれで爆発した。喧嘩というものは理屈で始まって腕力に終る。長門は憤懣《ふんまん》を暴力に訴えた、図書もまた避《さ》くべからずとみて、ついに受けて起《た》ったのである。

「まず落着け、みんな鎮まってくれ」

図書はやがて声を励《はげ》まして云った。

「おのおのが図書のために死んでくれようという心は忝《かたじけ》ないが、一族の助力を借りたと云われてはわしの面目が立たぬ」

「しかし長門でも一族を集めておりますぞ」

「向うは知らぬ。図書には図書の考えがある。おのおのには察しがつくまいか……この争いが拡《ひろ》がれば、廻座と譜代との全部に波及する。お家が二手に別れて争闘に及んだらどうなるか、この争いはどこまでもわしと長門の間で喰止めなくてはならん。疋田一族でこの理屈の分らぬ者はあるまい」

今度は誰もなにも云わなかった……図書はにっと唇《くちびる》で微笑しながら、

「わしは初めからこの白髪首を賭けている。この首一つで廻座の幾人かを冥途《めいど》へ掠《さら》っていけば安いものじゃ。相手の多いほど首の値打も増す訳じゃでの。そうであろう」

図書の真意は分った。こうなると梃《てこ》でも動かぬことは知れている。もう引揚《ひきあ》げるより他にない。人々はそう悟《さと》った……図書はその気配を見て取ったので、すぐ銚子《ちょうし》と土器を命じて別盃《さかずき》を交《か》わし、猶予《ゆうよ》なく人々を退去させた。

「わしの意のあるところを家中へ伝えてくれ、例《たと》えどのような仕儀に及ぼうとも、決して手出しをしてはならぬと。よいか、おのおのの力で固く押えてもらわねばならんぞ」

江戸にいる主馬にもなにか遺言があるかと思ったが、その事にはついに一言も触れなかった。

かくて一族の人々は去った。

表門が閉ざされた……裏も脇も、通用口も、みんな厳重に閂《かんぬき》が入れられた。家士五十三名、小者十八名、他に十二名の奴婢《おんな》はとっくに逃がしてあったので、図書とともに七十二名が立籠った訳である……図書は敵をこの屋敷へ引付け、機をみて一挙に決戦する考えであった。幸い邸内には充分の火薬があるし、家士たちの多くは火術の心得があるから、多勢の敵を引受けるには、防御にも決戦にも非常な強味である。備えは手早く固められた。小者たちが伐《き》ってきた茨《いばら》や青竹で逆茂木《さかもぎ》が作られ、築地塀の内側へ結込《ゆいこ》まれた。表門を除《のぞ》いた各門には防材を組み、石を積上げて侵入に備えた。

図書は書類の整理を終ろうとしていた。

襖や障子《しょうじ》を取払い、什器《じゅうき》を片付けた家の中はがらんとして、庭の若葉の光が青々と板敷に映じている……まだ武家屋敷では畳《たたみ》を用いていなかった時代で、床板は黒光のするほど磨《みが》きこまれている。その板敷へ青々と映ずる若葉の色は、図書にとって毎年のけざやかな、生々とした眼《め》のよろこびであった。

「申上げます」

若い斎田小五郎《さいだこごろう》が庭前へ走ってきた。

「……なんだ小五郎」

「山脇の使番が表御門へ馬を寄せました」

「来おったか」

図書は立って玄関へ出ていった。

小具足《こぐそく》を着けた若武者が一騎、表門の外に馬を乗着けていた。彼は図書が玄関へ出てきたとき、馬上に身を起こして弓を執直《とりなお》し、羽黒の矢を番《つが》えてひょうと射かけた。矢は玄関の左の柱に突立ってぶるぶると震えた……宣戦の矢である。若武者はそれを見届けると、馬首を回して疾駆《しっく》し去った。

「六郎右衛《ろくろうえ》」

図書は控えている家扶《かふ》に向って、

「皆の者に盃をとらす。庭へ集まれと云《い》え」

そう云って奥へ入った。

戦備を終った者たちは、武装に改めて参集した……図書は精巧の鎧直垂《よろいひたたれ》に伝家の腹巻を着け、拝領の太刀《たち》を佩《は》いて、床几《しょうぎ》を書院に据《す》えさせた。家士は上に、小者たちは縁下に、人数が揃うと図書から順に別盃が廻された。さかなには十八歳になる槁田藤《こうだとう》三郎《ざぶろう》が起って平家を朗詠《ろうえい》しながら舞った。

そして、いよいよ合戦を待つばかりとなった。

## 四

死を前にして、しかもまだその期《とき》の来ない、僅《わず》かな時間は怖ろしいものだ。恐怖と気臆《きおく》れは、そういうとき人の心に忍込む。図書はそれを知っていた。そして恐らく、小者たちの中から少数の逃亡者が出るであろうと考えていた……しかしその心配はなかった。五手に別れて部署に就《つ》いた人数は、ようやく迫る黄昏《たそがれ》の光のなかで、落着いた。そして明るくさえある声で呼交わしながら、元気に動き廻っていた。

——うん。

図書は心の内で微笑した。

――これなら存分にひとあてできるぞ。

けれどその時、鉄砲組の速水左右助《はやみそうすけ》が、血相を変えて意外な報告に駈けつけてきた。

「申上げます。一大事でござります」

「落着け、どうしたのだ」

「火薬が水浸しになっております」

「なに、火薬がどうしたと」

図書はぎょっと色を変えた。

「何者がいたしましたか、倉前に揃えました分も、倉の中に有る分も、すっかり水浸しにしてしまいました。一発分も使える薬がございません」

「六郎右衛、見てまいれ」

家扶がすぐに左右助とともに走っていった。

戻ってきた六郎右衛門から、それが事実だと聞くと、図書は沈痛な呻《うめ》き声をあげた。

……攻防共になくてはならぬ鉄砲だ。その火薬がいまは一発分も残らず水浸しだとすれば、戦わずしてまず最も重要な武器を喪《うしな》ったことになる。善き決戦の機を摑《つか》むべき、その機会の選択力もまた、図書の手から奪取られたのだ。

「外から入込んだ者はございません。曲者《くせもの》はお屋敷内にいて、先ほどのお盃のあいだにやったものと思われまする」

「屋敷内にさような痴者《しれもの》が居ると思うか」

「かような事が出来《しゅったい》しますれば、どのような事をも考えなければならぬと存じます。ことに小者たちの中には新参者も居《お》りまするし」

六郎右衛門の言葉が終らぬうち、

「……御執事」

と叫びながら兵粮番小者《ひょうろうばん》がはせつけてきた。

「御執事まで申上げます。誰か庫屋の酒瓶《さかがめ》を打壊した者がござります。過失ではござりません。五瓶とも石で叩割《たたきわ》りましたので、酒は全部流れてしまいました」

茫然《ぼうぜん》として、六郎右衛門は図書の顔を見た。図書は静かに頷《うなず》きながら、

「よし、分っている」

と低い声で云った。

「……わしが壊せと申付けたのだ。勝祝いをする戦ではない。酒は不用だからそうさせたのだ。戻っておれ」

「はっ」

小者はただちに走り去った。

六郎右衛門には図書の心が分った。家士たちの気持を動揺させないためにそう云ったのである。しかし……火薬といい酒瓶といい、こう続けさまに変事が起こるようでは、もう屋敷内に敵と通謀する者があることは疑いない。

「如何《いかが》……如何計《はか》らいましょう」

「なによりもまず」

そう云いかけて、図書の眼はふと奥の方へ向いた……静かに奥から、一人の女が出てきたのである。図書の巨《おお》きな眼は驚きのために瞬《また》きを忘れたようになった。

宇女であった……彼女は黒髪を束ねて背に垂らし、白装束《しろしょうぞく》の腰紐《こしひも》をかたく締上げた凛々《りり》しい姿で、薙刀《なぎなた》を右手に抱込《かいこ》み、敷居際《しきいぎわ》まで進んで膝《ひざ》をついた。

「宇女ではないか」

図書は嚙付《かみつ》くように叫んだ。

「誰の許しを得てこれへまいったぞ」

「はい思召《おぼしめし》に反《そむ》くとは承知仕《つかまつ》りました。けれど家の大事と承《うけたまわ》り」

「ならん！」

図書は片足で床板をはたと踏んだ。

「そちはもはやこの家の者ではない。よしこの家の者たりとも、今は女童《おんなわらわ》の出る場合ではないのだ。出て行け」

「わたくしは疋田の嫁でござります」

宇女は少しも怯《ひる》まぬ眼で、舅《しゅうと》の顔をじっと見上げながら云った。

「疋田の家の大事ゆえ、こなたさまの思召に反くのを知りつつまいったのでござります。良人《おっと》主馬から去ったと申されぬ限り、わたくしここを一歩も動きはいたしませぬ」

「馬鹿《ばか》が。この家に居る七十余人、今宵《こよい》を限りに死ぬるのだぞ」

「承知のうえでございます」

静かに、微笑さえうかべている宇女の面《おもて》を、図書は烈火のように睨《にら》んでいたが……ふと、稲妻のように頭へ閃《ひらめ》いたものがある。

「宇女、しかと返辞をせい、火薬を水浸しにしたのはそちであろう」

「はい」

「酒瓶を砕いたのもそうか」

「はい、わたくしがいたしました」

家扶はあっと低く叫んだ、図書は拳《こぶし》で膝を打った。衝上《つきあ》げてくる忿怒《ふんぬ》を抑えることができないらしい。

「訳を申せ、仔細《しさい》があろう申せ！」

「別に仔細はござりませぬ。義父上《ちちうえ》さまがお申付けあそばすことを、わたくしが代っていたしたのでございます」

「わしがなぜ左様なことを申付けるのだ」

宇女は答えなかった。答えずにじっと図書の眼を見上げていた……その刹那《せつな》である。凄《すさ》まじい矢風と共に、一本の矢がひょうと空を飛んできた。そして、図書の肩をかすめて、後の壁へぷつっと突立った。

「あ、危ない！」

と六郎右衛門が叫ぶより疾《はや》く、宇女が身を 翻《ひるがえ》して図書の前へ立塞《たちふさ》がった……続けざまに二の矢、三の矢、四の矢、ふつふつと飛んでくる矢の、二本までが宇女の袖《そで》を貫いた。

## 五

射込んできた矢の二本までが、宇女の袖を縫《ぬ》い、一本は床板を削ってからからと鳴りながらはね飛んだ。図書は床几《しょうぎ》に掛けたまま黙っていた。家扶の六郎右衛門は「おみごと」と云いたげな眼で、宇女の横顔を見上げていた。

「攻寄せたぞ」

「山脇が寄せたぞ、いずれもぬかるな」

「持場へつけ」

家士たちの絶叫が聞え、わっというどよめきが屋敷の内と外とに巻起こった……時に寛永十八年四月十九日酉《とり》の上刻（午後六時）であった。

押寄せた山脇の人数は二百人を越していた。彼等は三方から取囲み、鬨《とき》をつくって詰寄せたが、屋敷の中からは一発の銃声も一本の矢も飛ばず、また斬《き》って出る様子もなかった。

むろん、急戦を期してきたのである。夕闇《ゆうやみ》の迫ると共に、先手の一部は築地《ついじ》塀《べい》を乗越え、敢然《かんぜん》と邸内へ斬込んだ……しかしその人々は、塀の内側に逆茂木の結ってあることを知らなかった。それをむざと跳下《とびお》りた者の多くは、切殺《きっそ》いだ青竹に自ら突刺さって斃《たお》れたし、危うくまぬがれた者も、待構えていた槍組《やりぐみ》の手で一人も残らず突伏せられてしまった。

図書は書院の床几を動かずにいた。

一台の燭《しょく》が、色の黒い骨張った彼の横顔を、ちらちらと揺れながら赭《あか》く染めていた……その左側に宇女がいた。薙刀を伏せ、片膝をついたまま、これも石のように動かない。しかし全身の神経は図書の危険を護《まも》るために、弓弦《ゆみづる》の如《ごと》く緊張していた。

「ここにいてはならん、退《さが》れ」

図書はなんども繰返して云ったけれど宇女は返辞もせず、動く気色もなかった。

やがて、西の脇門《わきもん》の方から、物を打壊す重々しい響きが聞えてきた……敵が築地塀を突き崩しに掛っているらしい。味方の加勢を呼ぶ声が起り、けたたましい喚声《かんせい》が邸内に飛び交った。

――あの火薬さえあったら。

図書はさっきからその事を考えていた。ここで鉄砲が使えたら、引付けるだけ引付けておいて、つるべ討ちに浴びせ、怯む隙《すき》に斬って出て一挙に決戦することができたのに。

――なぜ火薬を水浸しにしたのだ。しかもこのおのれが命ずる事をしたという。

わっという鬨声《ときのこえ》が西の脇門で起こった。築地塀が突崩されたのであろう。重々しい地響きに続いて、味方の呼交わす鋭《するど》い叫び声が聞えた。

「六郎右衛、見てまいれ」

「はっ」

縁下に控《ひか》えていた家扶が走っていった。

宇女は薙刀を持直した。危険が迫ったとみたのであろう。図書はその横顔にちらと眼をやったが、彼女の眉宇《びう》は静かで、呼吸も常に変らず落着いている。そして必死の決意だけが、薙刀を握るその手指にはっきりと現われていた。

六郎右衛門がはせ戻ってきた。

「申上げます。西の脇御門に沿って六尺あまり、築地塀が突き崩されました。十二三名斬込んでまいりましたが、これを斬って取りましたので、後手は続かぬ模様でござります」

「穴はすぐ塞《ふさ》がねばならんぞ」

「防材を集めてやっております」

その答えの終らぬうち、裏門の脇に当って再び、築地塀を崩す重苦しい音が響きだした。そして、それと同時に、また二十人ほどの人数が塀を乗越えて邸内へ侵入してきた。

聞く者の肌に粟《あわ》を生ずるような悲鳴が起こった……築地塀から跳下りた寄手の者たちが、前者の如く逆茂木《さかもぎ》に身を突貫かれたのである。そしてすかさず走寄る槍組の家士たちが、端からそれを討止めてしまった。

ずしん……ずしん……ずしん。

築地塀を突き崩そうとする響きは、運命の跫音《あしおと》のように、無気味な、圧《お》しつけるような震動を屋敷中に伝わらせた。そこへはすでに防ぎの人数が詰め掛けているのだが、突崩されるのを待つ空虚な、そして掻挘《かきむし》られるようなもどかしさ苛立《いらだ》たしさに、みんな眼を光らせ、ぶるぶると総身を震《ふる》わしていた。

図書は不意にはたと膝を打ちながら、

「六郎右衛、水を持て」

と叱《しか》りつけるように命じた。

家扶が立つより早く、宇女が走ってゆき、金椀《かなわん》に水を満たして戻った……図書は外向いたまま取って飲み、黙って残りを宇女に返した……そして宇女がその残った水を、いちど額《ひたい》まであげ、隠れるようにしてそっと啜《すす》るさまを、彼は眼の隅から見ていた。

——水盃《みずさかずき》。

そういう言葉が図書にふと思出された。

ずしん……ずしんずし……ずしん。頭から圧えつけられるような響きはまだ続いている。西の脇門の方では卒然《そつぜん》と打物の音が起こり、走ってゆく人の跫音と、互いに呼交わす叫びとが闇を縫って聞えてきた。

六

図書は再び眼の隅で宇女を窺《ぬす》み視《み》した。

切迫する死を前にして、彼女がいつまで耐えられるか、その落着いた態度の、どこから恐怖が仮面を破るか、それを見究《みきわ》めてやろうというような、冷酷な視線であった……しかし宇女は依然として色も変えず、その唇のあたりには、むしろ微笑《ほほえ》んでいるかと思えるほど、平明な表情が表われていた。

不意に四辺が静かになった。

人々はどきっとした。築地塀を突き崩す音が止《や》んだのである……押被《おしかぶ》さるような重苦しい響きがはたと止んだとたんに、量《はか》り知れぬひろがりを持った一瞬の静寂が、まるでそれに代る響音の如く邸内の人々を押包んだのである。

「……どうした」

図書が思わず床几《しょうぎ》から立つと、物見にいた一人が走ってきて叫んだ。

「申上げます。寄手は人数を纏《まと》めて退陣仕りました」

「なに、陣払いだと」

「残っているのは見張りの者だけでござります」

脇門の方の動揺も鎮《しず》まっている。……ただ遠く、退却する敵のどよめきの声だけが、ひどくかけはなれた感じで聞えてきた。このあいだに三方から物見が走ってきた。報告はみな同じである。図書はしばらく考えていたが、

「油断なく警備を続ける。それから交代に食事を採るようにせい」

そう云《い》って、自分の円座に腰を下ろした。既に亥《い》の上刻（午後十時）になっていた。

攻撃を中止した敵は、逆襲に備えて二丁あまり退《しりぞ》き、そこで篝《かがり》を焚《た》いて息を入れていた……図書は湯漬けを食いながら、六郎右衛門の調べてきた報告を聴いた。斬込んできた敵は五十七人、そのうち討取ったもの三十二、重軽傷のもの二十余人、これに対して味方は討死三名、浅手六名……これが二刻半《ふたときはん》の戦果であった。

畠《はたけ》の方で、小者たちが死体を片付けたり、敵味方の負傷者の手当をしたりするざわめきが聞えていた……図書は食事を終るとすぐ、家扶を従えて庭へ下りていった。みんな元気であった。表門脇の築地塀の一部が、外からの打撃でひどく歪《ゆが》んでいたが、

まだ急には崩壊しそうもなかった。西の脇門に沿って突崩された所には、防材と石が積まれてあり、そこから斬込んでくる敵が、味方にとってどんなに討取り易《やす》いかよく分った。もしそれが二倍の広さであったら、恐らく防戦は困難なものになったであろう。

母屋《おもや》の裏手へ廻ると、宇女が小者たちを指図しながら何事かしていた……図書が食事にかかると共に、彼女はどこかへ去っていたのである。そっと近寄ってみると、そこには夥《おびただ》しい蓆《むしろ》が積んであり、それを水に浸している様子であった。……図書はしばらく見守っていたが、なんのためにそのような事をするのか見当がつかず、そのまま書院へと戻った。

その夜はついに敵の攻撃はなかった。

図書は家士たちを交代で眠らせ、自分も居間へ入って横になった。勝つべき戦ではない。たとえ勝ったとしても命はないものと定まっている。見苦しい死にざまさえしなければよいという考えが、横になるとすぐ体も心も伸び伸びとさせた。

宇女はそれから更に半刻ほども姿を見せなかった。屋根の上へ誰か登った様子と、それを指揮する彼女の声が二三度聞えた。

——なにをしているのだ。

そう思う気持が、図書の考えを再び宇女の方へ呼戻した。そして主馬が初めて彼女の話を持出した時の、大きな失望と怒りとが胸へ甦《よみがえ》ってきた。

図書にとって、主馬は大事な一粒種というだけでなく、自分のすべての希望を賭《か》けた自慢の息子であった。幼少の頃からこれはものに成ると思ったのが、案の如くめきめき才能を伸ばし、若くして君側に抜擢《ばってき》されて篤《あつ》く用いられた。もし国老の位置に就《つ》く日が来たら、おそらく佐竹一藩に又となき名老職となるであろう……図書はそのときのために、妻を選ぶにも念に念を入れたのである。家柄も才色も良人の位置にふさわしいものでなければならない。そして当時は事実、どんなに優れた条件を備えた嫁でも、主馬のためなら縁組ができたのである。それにもかかわらず……主馬は平徒士《ひらかち》の娘などを選んだ。彼女は図書から主馬を奪取ってしまったのだ。

——疋田の子が、小身者《しょうしんもの》の平徒士の娘などを娶《めと》る、そんな事が許せるか。

——わしは許さん。

結局は主馬の強引な主張を通し、宇女を家に迎えてからも、図書の心にはその気持が抜くべからざるものになっていた。

「……お、い、よ、りあそばしましたか」

そっと囁《ささや》くような声がした。

眠ったものと思って、宇女が忍んできたのである。黙って眼を閉じたままでいると、静かに衾《ふすま》を衣《き》せ掛け、部屋の敷居外へ退いて端座した。

図書は初めから宇女を憎んでいた。彼は宇女がまるで格式の違う家庭に入って、失策と齟齬《そご》を繰返すのを冷やかに見ていた……そういう見方をすれば、日常の質素な身なりも、控えめな挙措《きよそ》動作も、習慣のつまらぬ喰違いも、すべて疋田家という家柄を傷つけるもののように思える。図書は自分の眼に狂いがなかったと信じた。

——平徒士の娘はやはり平徒士の娘だ。

そう見極めをつけた彼は、主馬が江戸へ出府するのを待兼ねて、宇女を実家へ戻してしまったのである。

## 七

図書のように育ち、図書のような性格の者は自分の思考を客観する習慣を持っていない。自分が善しとすることは他人にとっても同様だと思う。彼は息子の若き過《あやま》ちを撓直《ためなお》したのだと信じ、宇女に対しては自分が解決の責任を執ると決めていた。それですべて方がついたものと考えて疑わなかった……だから、一家必死と定まったこの場合に、宇女が帰ってきたことは正に彼の意表を衝《つ》く出来事であった。単に帰ってきたことが意外なばかりでなく、火薬を水浸しにし酒瓶《さかがめ》を砕《くだ》き、征矢《そや》の前に図書の楯《たて》となった態度など彼が「平徒士の娘」だと見ていた鑑識とはかなり懸隔《かけへだ》たったものであった。

――だがどうして火薬を使えなくしたのか、なんのために酒瓶を砕いたのか。

図書は同じ考えの上を往《ゆ》きつ戻りつしていた。

僅《わず》かな小競《こぜ》り合いがあっただけで、夜が明けた。

敵は遠巻きにしたまま、時折り烈《はげ》しく矢を射掛けるが、華々しく突込んでこようとはしなかった。……急戦を不利とみて、持久的に疲れるのを待とうとするらしい。またこのあいだに、新しい武器を調達していたことも、後になって分った。

午《ひる》になり、夜が来た。

同じような状態である。時に小人数で塀際《へいぎわ》まで寄せてくるがひと矢当てるとすぐ退《ひき》去《さ》ってしまう。そしてまた別の方面から同じ程度の攻撃を仕掛けてくる。明らかに奔《ほん》命《めい》に疲らせる策である。開門して一戦を促《うなが》す矢文が何本も射込まれたし、斬《き》って出ないのを卑怯《ひきょう》だと罵《ののし》る声も聞えた……しかし味方の戦士は敵の四分の一に過ぎない。狭い街中へこの対数で出れば、昨夜の例とは逆に、待構えている敵の餌食《えじき》となるだけである。

──あの火薬さえあったら。

図書は又してもそれを思った。

山脇勢が再び総攻めを開始したのは、更にその翌日の夕頃からであった……敵は疋田邸の正面にある民家の屋上に鉄砲を伏せていた。むろん邸内ではそんな事は想像もしなかった。三年以前から秋田藩では火薬の私蔵を禁じてあったので、疋田家が火薬庫を押えている限り鉄砲は使えないのである。しかし山脇長門は二日のあいだにそれを調達してきたのであった。

戦は日没と共に始まった。

書院の床几に掛けていた図書は、寄手の攻撃が今度こそ必死を期したものだということに気付いた。敵の焚く篝火は前夜に倍し、夕闇《ゆうやみ》の空を赤々と焦《こ》がしている。寄せてくる動きも思切ったもので西側から侵入してきた一部はほとんど前庭の方まで斬込んだ……戌《いぬ》の上刻（午後八時）になると、塀際へ取着いた一部が、三カ所で築地塀《ついじべい》を崩しはじめた。そして同時に、まるで予想もしない武器が、焔《ほのお》を吐きながら飛来し、書院の軒《のき》に突当って凄《すさ》まじく炸裂《さくれつ》した。

それは火箭《ひや》であった……しかもかつて見たことのない新しいものだ。拇指《おやゆび》ほどもある鉄の矢の尖《さき》に、火薬筒と油に浸した石綿が着けてある。的《まと》へ突立つと共に火薬筒が炸裂し、油綿の火を建物へ燃移す仕掛けになっている。

——火箭だ！

図書がそう気付いて愕然《がくぜん》としたとき、側《そば》に控えていた宇女が庭へとび下りていって、

「蓆《むしろ》を下ろして……水を！」

と大きく叫んだ。

すると屋根の上で答える声が聞え、土庇《どびさし》の上へ蓆が垂れてくるのと一緒に、ざあっと飛沫《しぶき》をあげながら水が流落ちてきた……火箭は続けざまに十四五本も飛んできたが、濡れた蓆に遮《さえぎ》られて、いたずらに炸裂の火を吹散らすだけだった。

宇女はすぐ元の場所へ戻った。

図書は黙っていた。一昨夜、彼女が小者たちを指揮して、蓆を積上げては水に浸していた訳がようやく分った。こういう襲撃に寄手が火を使うことは定法である。図書はじめ誰もそれに気付かなかったのは初めから必死を期していたからでもあるが、若い宇女がその手配をしたという事は図書の心を強くうった。

ずしん……ずしん。ずしん……ずしん。

鈍く重い響音、三カ所で築地塀を突き崩す緩慢《かんまん》な重苦しい響きは、打物の音と叫喚とを圧倒して屋敷いっぱいに広がった……この三カ所の崩壊する時が、疋田一家の討死をする期《とき》である。家士たちの眼にも、今やその時の近づきつつあることがはっきりと表われていた。

橋田藤吉、速水《はやみ》数馬《かずま》（左右助の弟）、和下軍兵衛《わしたぐんぺえ》の三人が走ってきた。彼等は縁下に揃《そろ》って片膝《かたひざ》をつきながら、

「開門をお許しください」

と叱りつけるような声で叫んだ。

「踏込まれて、お屋敷内で死ぬのは残念です。斬って出ることをお許しください」

「築地はもはや四半刻《しはんとき》も保《も》ちません。寄手はすぐ踏込んでまいります」

「お許しください」

「斬って出させてください」

「ならん！」

図書は押切って叫んだ。

「まだその期ではない。持場へ帰って下知《げじ》を待て、死ぬ時は図書が先途《せんど》をする。急ぐな」

三人は歯嚙《はが》みをしながら走去った。

すると間もなく、書院の正面に当る塀の中へ、外から燃えさかる松明《たいまつ》をばらばらと投入れてきた。活物《いきもの》のように、闇を跳《おど》って飛込む幾十本とない火は、そのまま庭へ散乱して篝《かがり》のように、四辺を焦がした。

――なにをしようとするか。

図書は思わず床几を立って広縁へ出た。

敵はその機会を覘《ねら》っていたのだ。図書が広縁へ出るとたんに、向うの民家の屋上に伏せてあった五挺《ちょう》の鉄砲が一斉に火を吹いた。

「あっ！」

と悲鳴をあげながら、宇女が図書の前へ両手をひろげて立塞《たちふさ》がった。しかしその刹《せつ》那《な》に、図書は大きく、

「危ない！」

と叫びながら、宇女の体を縁下へと蹴落《けおと》した。そして自分は、右手で腰骨を押えながら、よろよろとそこへ膝をついていた……五弾の内一弾が、彼の腰骨を草摺《くさずり》はずれに射抜いたのであった。

六郎右衛門の叫びで、三人の家士がはせつけた。宇女は突落されたとき足を挫《くじ》いた

が、皆と共に図書を抱上げて居間へ運んだ……図書は片手を振廻しながら、

「いかん、書院に置け。奥へ入れてはならん」

と懸命に叫んだ。そして叫びながら、彼は凄まじい地響きと共に築地塀が崩壊し、敵味方の挙げる決戦の鬨声《ときのこえ》を、昏迷《こんめい》する耳の奥で朧《おぼ》ろげに聞いた。

八

図書が意識を取戻した時、側にいたのは宇女であった。

明るい光が部屋いっぱいに漲《みなぎ》っていた。どこか遠くで人の話し声が聞えた。まるで遥《はる》かな過去からの声のように、遠くて静かな調子だった……図書の感覚には、崩壊する築地塀の地響きや、決戦の雄叫《おたけ》びや、物具《もののぐ》の撃合う鋭い音や、悲鳴や叫喚が生々と残っている。

体中がまだそれらの響音で揉返《もみかえ》しているようだ。それなのに、いま彼の周囲はまるで嘘《うそ》のように静かだった。

「御気分は如何《いかが》でございますか」

宇女が顔を寄せながら訊《き》いた……図書はこの謎《なぞ》を解《と》こうとするように宇女の眼を見

上げた。決戦はどうなったのか、山脇勢はどうした。味方の者は？　……しかし彼にはそう訊くことはできない。

「……六郎右衛は、どうした」

「はい、ただ今お客間で、角館《かくのだて》様からの御上使を接待申上げております」

「……角館様……？」

角館には藩主修理大夫《しゅりだいぶ》義隆《よしたか》の弟、佐竹義寘《よしとも》が一万石を以《もっ》て分家している。そこから上使が来ていると聞けば、図書にもおよそ事情が分るように思えた。

「六郎右衛門を呼べ、御上使を受ける」

「御気分は大丈夫でございますか」

「いいから呼べ」

宇女は立っていったが、すぐに戻ってきた。図書は起直ろうとしたけれど、身動きをしただけで劇痛《げきつう》がひどく、そのためほとんど全身が痺《しび》れるかと思われた……宇女は下座へ退《さが》って平伏した。

上使として来たのは角館の御旗本頭《おはたもとがしら》、柿沢壱岐介《いきのすけ》、副役は沼内《ぬまうち》市郎兵衛、沢田源十郎《さわだげんじゅうろう》であった……三人とも具足に陣羽織《じんばおり》で、上座に通ると図書の会釈《えしやく》を受けてから、壱岐介が、山脇長門との私闘について譴責《けんせき》の上意文を読みあげた。

「……但《ただ》し」

末尾に至って壱岐介は声を改め、

「長門儀、一族一門を集動して取詰めたるに、その方こと上を憚《はばか》り、固く門を閉ざして出《い》でず、また御預けの火薬に水を注いで大事に至らざるよう手配をせし事、自分難儀の折柄《おりから》、最も神妙の至《いたり》と思召《おぼしめ》さる。追而《おって》江戸表より沙汰《さた》あるまで謹慎を命ずるもの也《なり》」

作法通り上意の達《たっし》が済むと、壱岐介は座を退いて図書の枕辺へ膝を寄せた。

「疋田どの、お館《やかた》より傷所の養生大切にせよとのお言葉でござるぞ……よく辛抱なすった。聞けば一家七十余人で山脇一族二百幾十人を支えること三十二刻、お預かりの火薬には手も着けずとはさすがでござる。山脇は恐らくお取潰《とりつぶ》しであろうが、疋田家は武名を挙げましたぞ」

「御挨拶《あいさつ》まことに恥入る」

図書の声は震えていた。

「……このうえはただ、一日も早く切腹のお沙汰の下るよう、よろしくお計らい願いたい。しょせん、初めより生きながらえる所存の図書ではござらぬ。この趣お館様へしかとお伝えください」

「承った。しかしまずくれぐれも養生を大切になされい」

上使は帰っていった。

色々な事が分った。築地塀を突き崩して雪崩《なだ》れ込んだ山脇勢は、しかし厳重な逆茂《さかも》木《ぎ》に阻《はば》まれ、死を期した疋田の家士の切尖を喰って幾度となく敗退し、決戦の期を得ずして夜明けを迎えた……そこへ、老臣たちからの急報によって、角館から式部少輔《しきぶしょうゆう》義實が、自ら三百の兵を率いて到着したのである。味方にとっては救いであり、敵にとっては絶望の時であった。

山脇の死者九十余、味方の死者三十二、傷者二十七という戦果を聴きながら……図書はひそかに上意文の「火薬」の条《くだり》を反芻《はんすう》していた。そればかりではない。もし酒があったなら、戦気を鼓舞された家士たちは、恐らく勢いの趣《おもむ》くままに斬って出たことであろう……不思議な感動が湧《わ》いてきた。図書は全身の感覚で宇女の前に感謝したい欲望を感じた。しかし彼はそれを懸命に抑えつけながら、

「……六郎右衛」

と叱《しか》りつけるように呼んだ。

「はっ」

「大橋《おおはし》へすぐ使いにまいれ、宇女が無事だということを知らせるのだ。案じているで

あろう、急いで行け」

「畏《かしこ》まりました」

「待て……」

起《た》とうとする家扶を呼止めて、

「……それから、宇女の荷物を、取戻すように計らってまいれ。よいか」

宇女は病床の裾《すそ》の方で、床板に平伏しながらそれを聞いていた。円《まる》い肩が微《かす》かに顫《ふる》えているのは泣いているためであろう。

――これで快く死ねる。

図書は、かつて覚えたことのない、身も心も軽々とした感じで、宇女の背を見やりながらそう思った。外はいつか雨になっていた。

# 柘榴《ざくろ》

# 一

真沙《まさ》は初めから良人《おっと》が嫌いだったのではない。また結婚が失敗に終ったのも、良人の罪だとは云《い》えない。昌蔵《しょうぞう》のかなしい性質と、その性質を理解することのできなかった真沙の若さに不幸があったのだと思う。

松室《まつむろ》の家は長左衛門《ちょうざえもん》の代で、中老の席から番がしら格にさげられ、更にその子の伊《い》太夫《だゆう》の代で平徒士《ひらかち》におちた。長左衛門は癇癖《かんぺき》が祟《たた》って刃傷《にんじょう》したためであるし、伊太夫は深酒で身を誤った。二代で中老から平徒士までおちるのは稀《まれ》だと云っていいだろう。昌蔵は祖父がまだ中老だった頃の矢倉下の屋敷で生れ、九間町《くけんちょう》のお小屋で幼少時代を、そして十一の年からは御厩町《おうまやまち》の組屋敷の中で育った。——階級観念のかたくな時代に、こうして転落する環境から受けるものが、少年の性質にどういう影響を与えるかは云うまでもあるまい。それに元もと祖父や父の感情に脆《もろ》い血統の根もひいていたことだろうし、不幸はすでに宿命的だったという気もするのである。

生家の井沼《いぬま》は代々の物がしら格上席で、父の玄蕃《げんば》は御槍奉行《おやりぶぎょう》を勤めていた。真沙の上に真一郎《しんいちろう》、源次郎《げんじろう》という兄があり、彼女はおんなの末っ子であるが、父の人一倍きびしい躾《しつけ》で、ごく世間みずな融通のきかない育ち方をしたようだ。松室との縁談は戸《と》沢数右衛門《ざわかずえもん》という中老から始まり、父には難色があったようだが、「松室の将来は自分が面倒をみるから」こういう戸沢中老の一種の保証のような言葉があって纏《まと》まったらしい。勿論《もちろん》これは結婚が不幸に終ったあとで聞いたことだし、そのために戸沢中老に責をかずけるようなものではないけれども。——真沙は結婚という現実よりも、自分のために作られる衣装や、髪かざり調度などの美しさに、心を奪われるほど若かった。「十七にもなってこの子は、——」母親に幾たびもそう云われたほど若かったのである。祝言《しゅうげん》は八月のことで、話があってから三十日ほどしか経《た》っていなかった。人の家へ嫁《か》すということより、ふた親や兄たちと別れ、生れた家を去るという悲しさのほうが強く、でかける前になって庭へぬけだし、色づき始めた葉鶏頭《はげいとう》のところで激しく泣いたが、誰にもみつからないうちに涙を拭《ふ》いて部屋へ戻った。……そのときの葉鶏頭の色と、それを眺めて泣いた涙のまじりけのない味を、そののち真沙はどんなに懐《なつ》かしんだか知れなかった。

新しい生活は真沙に衝撃を与えた。年よりも遥《はる》かにもの識《し》らずだった彼女は、恐怖と苦痛と不眠とで、数日のうちに驚くほど憔悴《しょうすい》した。松室には病身の姑《しゅうとめ》がいた。ごく口数の少ない人で、もう二年ばかりひき籠《こも》ったきりだったが、このひとが真沙の様子に気づいたとみえ、さりげない事に託して色いろ話してくれた。それでともかく訳のわからない恐怖は消えたが、その言葉のなかにあった「おんなという者のつとめだから、――」という表現がつよく頭に残った。どんな美味でも、それを喰べることが義務になったばあいには、食欲は減殺《げんさい》される。精神的にも肉躰《にくたい》的にも、余りに若かった真沙には、恐怖に代ってのしかかった義務の観念が新しい苦痛となり、抑えようのない厭悪《えんお》感となった。……昌蔵がもう少し違った性格だったら、それでも破綻《はたん》を避ける機会はあったかも知れない。然《しか》し彼自身も二十四歳という年にしては世情に疎《うと》かった。家系の落魄《らくはく》に対する卑下感から、その結婚を過大に考えすぎたらしいし、それだけ真沙への愛情も激しくいちずになったようだ。

「真沙はおれが嫌いなのか」彼はよくこう云《い》って真沙の両手を摑《つか》んだ。「こんなに真沙を好きなおれの気持が真沙にはわからないのか。正直に云ってくれ。どうしてもおれが好きになれないのか」

「おれはいつまで平徒士ではいないよ」僅《わず》かな酒に酔うと、肩をあげながら云った。

「松室の家を興《おこ》してみせる。大した事じゃあない。みておいで真沙、おまえをきっと中老夫人にしてみせるよ。世間へ出て恥ずかしくないだけの生活を、おれは誓って真沙にさせてみせるよ」

家にいる限り、昌蔵はかたときも真沙を離さなかった。側《そば》にいれば絶えず手を握るか、肩を抱くかする。いつもじっとこちらを眺め、ふいに蒼《あお》くなったり「美しいなあ」と溜息《ためいき》をついたりする。そして三日にあげずなにか物を買って来る。派手《はで》すぎてなまめかしいような着物や帯が殖《ふ》え、釵《かんざし》、なかざし、櫛《くし》、笄《こうがい》、手筺《てばこ》、文庫、手鏡などという風に。――真沙はつとめて悦《よろこ》ぼうとした、なかには本当に嬉《うれ》しい物もあったから。けれど最も深いところで齟齬《そご》している感情が、どうしてもすなおに悦びを表わすことを妨げた。それでなくとも、昌蔵のこういう愛情の表現は、厳しく躾けられた真沙にとって好ましいものではなかった。――武士というものは、家常茶飯《かじょうさはん》つねにこうだと云われて来た生活に比べると、恥ずかしさに身の縮むようなことが多い。それがますます彼女の心を良人から遠ざけるのであった。

嫁していって間もなくのことだ。昌蔵は熟《う》れた柘榴《ざくろ》の実を割って眺めていたが、ふと熱のある人のような眼で真沙をかえり見、割った果実の中の紅玉《こうぎょく》のような種子を示しながら、こんなことを云った。

「この美しい実をごらん。私にはこれがおまえのからだのようにみえるんだよ」

二

「割れた果皮の中から、白いあま皮に仕切られて、この澄《す》んだ生なましい果粒が現われる。まるで乙女の純潔な血を啜《すす》ったような、この美しい紅《あか》さを眺《なが》めていると、私にはおまえの軀《からだ》の中を見るような気持がしてくるんだ」

そのとき真沙は、本当に自分の軀を割って覗《のぞ》かれたような、恐怖に近い羞恥《しゅうち》に襲われてぞっと身震いをした。云い表わしようのない嫌厭《けんえん》と屈辱のために、それから以後は昌蔵に見られるだけで、寒くなるような気持が続いた。——昌蔵は神経質になり苛々《いらいら》しだした。彼はどうかすると恐ろしく不機嫌になり、口もきかず、側へも寄らないことがある。居間からけたたましく呼びながら、急いでゆくと「もう済んだ、よし」などと突放すように云う。然しそれは決してながくは続かなかった。すぐにまた真沙をひき寄せ、詫《わ》びを云い、後悔しながら激しい愛撫《あいぶ》を繰り返すのである。

「もう少しの辛抱だ。きっと出世してみせるからね」固く縮めた妻の肩を抱きながら、思い詰めた調子で彼はこう誓う。「こんなみじめな生活とはもうすぐお別れだ。

真沙が妻であってくれさえすれば、私はどんな事でもする。なんでもありあしない。もうめどはついているんだ」

十月に姑が病死した。霜の消えてゆくような静かな死だった。臨終のとき姑は、枕元に坐《すわ》っている昌蔵をつくづくと眺めた。それからその眼を真沙のほうへ移し、暫《しばら》くこちらをみつめていたが、やがてそのまま瞼《まぶた》を合わせた。それは、云い遺《のこ》したいことがあるけれど、云ってもしょせんはだめだろう、そういう意味に真沙にはうけとれたのである。――昌蔵はみれんなほど泣き悲しんだ。然もそれは愛情の深いことを示すより、感情の脆さと、神経の弱さを証明するようで、真沙には寧《むし》ろ眼をそむけたい感じだった。

年を越えて二月はじめのこと、とつぜん仲人《なこうど》の戸沢数右衛門が訪ねて来た。下城の途中だとみえ、継《つ》ぎ上下《かみしも》で玄関に立ったまま「松室は帰ったか」と訊《き》いた。そしてちょっと考えてから、「では帰ったらすぐ私の家へ来るように」と云って、そのまま玄関から去った。

昌蔵は帰らなかった。真沙は夕餉《ゆうげ》もとらずに待った。十二時《九ツ》に下女を寐《ね》かし、幾たびも迷ったのち、二時《八ツ》の鐘を聞いたので、常着のまま自分も夜具の中へはいった。――厨《くりや》を開ける下女のけはいで眼がさめると、もういつか夜が明けていた。すぐに起きて、そっと良人の居間へいってみたが、もちろん姿もみえないし、帰った様子もなかった。

「どうなすったのかしら」

さすがに不安になって、こう呟《つぶや》きながら廊下へ出ると、そこに封書の置いてあるのが眼にとまった。真沙は危険な物をでもみつけたようにぎょっとし、五拍子ばかり怯《おび》えたような眼で眺めていたが、やがてすばやく手に取ると、人眼を恐れるように自分の部屋へいって坐った。……それは昌蔵から彼女に宛《あ》てた告白と謝罪の手紙だった。

——自分がなにをしたかということは、すぐわかるだろうから此処《ここ》には記さない。そういう書きだしであった。自分は松室の家をむかしの位地に復そうと努力した。然しそれは家名や自分の出世のためよりも、それに依《よ》って真沙を中老職の夫人にし、物質的にも精神的にも恵まれた生活をさせてやりたかったからだ。自分には真沙を幸福にすることの他になんの野心もなかった。どうかこれだけは信じて貰《もら》いたい、自分はただ真沙を仕合せにしたかったのだということを。——だがみごとに失敗した。焦《あせ》る余りに眼が眩《くら》んで、取返しようのない失敗をした。恐らくこれが松室家の辿《たど》るべき運命だったのだろうと思う。自分は退国して身の始末をつける。真沙には詫びのできることではない。だから赦《ゆる》してくれとは云わずに去るが、ただゆくすえ仕合せであるように祈ることだけは許して貰いたい。真沙のためには本当に悪いめぐりあわせだった。どうか一日も早くこの不幸ないたでから立直ってくれるように。

凡《およ》そこういう意味のことが書いてあった。

真沙はその手紙をすぐに焼いた。そのときの彼女にとっては、武士たる者が妻を仕合せにするために身を誤ったという、めめしいみれんな言葉に肚《はら》が立ったのと、これで自分は解放されるという気持の安らぎとで、短い文章に籠《こ》められた哀切の調子などは、まったく眼に入らなかったのであった。……朝食を済ませるとすぐ、真沙は着替えをして戸沢中老の屋敷を訪ねた。数右衛門は話を半《なか》ばまで聞いたが、あわただしく家士を呼んで、追手の手配をするように命じた。

「両街道へ馬でやれ。雪を利用して山を越えるかも知れぬ。針立沢へも追手をかけろ」数右衛門は激しい言葉でこう云った。「どうしても逃がせないやつだ。出来る限りの手を打て」

真沙はそのまま其処《そこ》に留《とど》まり、戸沢の家士が下女と留守宅へいった。……昌蔵は捉《つか》まらなかった。後でわかったのだが、そのときは菩提寺《ぼだいじ》に隠れていて、追捕《ついぶ》の手の緩むのを待って国境を脱《ぬ》けたのである。くわしい始末はわからなかったが、罪科は多額の公金費消ということだった。——真沙はそのまま戸沢家で、半年ばかり世話になった。

三

昌蔵には逃亡のまま斬罪の科《とが》が定まり、松室の家名は絶えた。本来なら当然その妻にも御咎《おとが》めがなければならない。然し仲人の責任で戸沢が奔走《ほんそう》したものだろう、「国許《もと》お構い」ということで、その年の九月ひそかに江戸屋敷へ移された。

江戸では母方の叔父に当る小野木庄左衛門《おのきしょうざえもん》の家におちつき、やがて御殿の奥勤めに上った。初め松泉院《しょうせんいん》という藩主の生母に付いたが、五年して中臈格《ちゅうろうかく》にあげられ、祐筆《ゆうひつ》を勤めた。このときの扶持《ふち》が御切米金十五両、御合力七両二分の他に、月々薪《まき》六貫四分、炭二俵八分、水油八合、糠《ぬか》二升八合、菜銀三十匁で、子供を三人使うことが出来た。――それから更に六年して、二十八の年に錠口勤めとなり、三十五歳で老女になった。

ここまでは平穏で明るい生活が続いた。女ばかりの明け昏《く》れで、時には詰らない中傷や嫉妬《しっと》や蔭口《かげぐち》などに煩《わずら》わされる。中には好んでいかがわしい話題に興じたり、悪い癖を持っている者などがあって、女というものの厭《いや》らしさあさましさに、身のすくむような思いも幾たびか経験した。けれども年の若い者は別として、二十を越した者には、色いろな事情から生涯独身ときめた者が多く、そこには独立して生きる者の張《はり》と自覚があったから、松室での生活に比べれば遥《はる》かに気楽でもあるし、伸びのびと解放された気持でいることができた。

「お嫁にいって苦労することを考えると、本当にこういう暮しは女の天国ね」

「むずかしい良人の機嫌をとったり、舅《しゅうと》や姑の小言にびくびくしたり、年じゅう休みなしに家事で追い廻されたりするなんて、想像するだけでもぞっとするわ」

「女が嫁にゆくということは、詰り自分と自分の一生を他人にくれてしまうことなのね」

こんな話をよくしたものである。然し三十五歳になる頃から、真沙の心に少しずつ変化が起こりだした。それは国許から長兄の娘が、江戸屋敷へ嫁して来たときに始まる。――その姪《めい》は早苗《さなえ》といって十八になり、相手は納戸《なんど》役《やく》で渡辺大七《わたなべだいしち》といった。真沙は二人の結婚式に招かれたのが機会で、同じ家中《かちゅう》にいる三家の親族とよく往来するようになった。それは老女という身分で、勤めにいとまのできたことや、三十五歳という年齢の関係もあるだろう。ごく疎遠《そえん》だった杉原《すぎはら》という母方の縁者とは、殊《こと》に近しいつきあいが始まり、時には家庭の中の事まで相談されるほどうちとけていった。

その杉原で、妻女が病気で寐ついたときのことだ。真沙が見舞いにゆくと、良人の伊兵衛《いへえ》が枕許から立つのをよく見かけた。暇があると側へ来て、ものを読んだり話しかけたりしているらしい。いつもむずかしい渋い顔をしている人なのだが、そのときは不安そうな、ひどくそわそわと落着かない様子で、薬や食事なども自分で世話をする風だった。

「男って本当に子供のようですのね」妻女は眉《まゆ》をしかめてみせた。「わたくしが死ぬかも知れないって、すっかりおろおろしているんですの。医者の云うことなぞ信用ができないと云いながら、少し顔色が悪いくらいですぐ呼びにやるんですもの。恥ずかしくなってしまいますわ」

そんな風に云う法はない。それは御主人がどんなに深く貴女《あなた》を愛しているかという証拠ではないか。真沙はこう言おうとしてふと口を噤《つぐ》んだ。理由はわからないが、なにか喉《のど》へ物でもつかえたようで、どうしても言葉にならなかったのである。その夜、真沙は初めて自分の結婚生活を回想した。夫婦生活に対する考え方は、既《すで》に十七歳の時のままではない。二十年ちかい年月のあいだには多くの事を識った。世間や人の心の裏おもて、生活を支える虚飾や真実、美しいものの蔭にある醜さ。……女が三十五という年齢で理解するものを、彼女も今は理解することができる。「自分は若すぎた

――」真沙は胸の痛むような思いでそう呟《つぶや》いた。昌蔵のしてくれたことが、どんなに深い愛情から出たものであるか、それに対して自分がどういう酬《むく》い方をしたか、初めて真沙にはわかるように思った。

そのときから、彼女の心にひとつの世界がひらけた。人を訪ねると、無意識のうちにその夫妻の様子を見ている。そしてそのたびに、自分と良人《おっと》との生活を思い返すのである。収入も家格も年齢もほぼ共通しているのに、五つの家庭があるとすれば、五組の夫婦はみな違った生活をしている。よそよそしいもの、睦《むつ》まじいもの、派手なもの、質素なもの。どのひと組も他のものに似てはいない。然もみなそれぞれにかたく結びつき、互いに援《たす》けいたわりあって生きている。脇《わき》から見れば、良人にも妻にも欠点のない者はないが、当人たちにはそれ程にみえないようだ。これが本当なのだ。真沙はそう思う。「良人となり妻となれば、他人に欠点とみえるものも、うけ容《い》れることができる。誰にも似ず、誰にもわからない二人だけの理解から、夫婦の愛というものが始まるのだ」

真沙はいま昌蔵の示した愛情の表現を、一つ一つ思いだしてみる。それはみな彼なりに真実であった。なみはずれてみえたのは、彼の愛情が他のどんな人間とも似ない彼だけのものだったからだ。彼が真実であればあるほど、それ以外に表現のしようはなかったに違いない。

「なんということだろう」真沙は両手で面を掩《おお》った。「なんということだろう——」

四

昌蔵が出奔《しゆつぽん》するとき遺《のこ》していった、告白と謝罪の手紙も思いだされた。——真沙を幸福にしたかった。その他になんの野心もなかった。これだけは信じてくれ。こういう意味の、叫びに近い部分が朧《おぼ》ろげな記憶に残っている。武士たる者がなんというみれんなことを、……そのときはそう思うだけで、すぐに焼いてしまったが、みれんにもめめしくもみえるほど、深い、ひたむきな愛情だったということが、今の彼女には鮮《あざ》やかにわかる。

「焼くのではなかった。焼いてはならなかった。いま読めばもっともっと本当のことがわかったに違いないのに」

真沙は四十歳で「年寄」になった。幕府や三家の大上﨟《だいじようろう》に当る奥勤めの最上位で、切米も三十石、合力二十五両という扶持である。その頃から気持もまたひと転換した。昌蔵との結婚の失敗についても、自分に責のある点は云《い》うまでもないとして、松室の不運な家系とか、その影響をうけた昌蔵の性格とか、また複雑に絡《から》み合っていた周囲の事情とか、要するに不幸は避け難かったということなどがわかってきた。……ただそれが避け難い宿命だったと思えば思うほど、真沙自身にもう少しの知恵と愛情があったら、昌蔵の破滅だけは救えたであろうと、そのことだけがいつまでも悔いとして残った。

真沙は五十二の年においとまが下って帰郷した。城下の桃山《ももやま》という処《ところ》に家を賜《たま》わり、生涯五人扶持に、奥方から年十両ずつ下さることになったのである。……桃山は城下町から二十町ほど北へいった丘陵で、家はその南側の中腹にあり、赤松の林ごしに城と武家町の一部を眺められる。もと老職の隠居が住んでいたそうで、部屋数は少ないが千坪ばかりの庭があり、松や杉や楓《かえで》や桜などが、家をかこむように繁《しげ》っている。よほど季感に敏《さと》い人だったとみえ、楓や桜なども松杉と対照して、眼立たぬようにくふうがしてあり、思わぬ灌木《かんぼく》の茂みに、苔《こけ》付きの石燈籠《いしどうろう》が据《す》えてあったりした。

さとの井沼では、ずっと前に父も母も逝《ゆ》き、長兄も五年まえに亡《な》くなって、その子の善左衛門《ぜんざえもん》が家を継いでいた。これはなじみも薄かったし、気性が合わないので、ほんの儀礼に往来するだけだったし、その他の親族も同じように代が替っていて、親しく問い訪《と》われるという相手が殆《ほと》んど無かった。……召使は、金造《きんぞう》という老人の下僕に、小間使と下女を加えた四人暮しである。三十日もすると、小間使のいねがまず淋《さび》しさに堪《たま》らなくなったのだろう。「この辺は冬になると狐《きつね》が出るのでございますって――」などと背中を見るような眼つきで云った。そのくらいのことはあるかも知れない。北側にもう一段高くなって、ちらばらに武家の別墅《べっしょ》がある他は、丘から向うの葉《は》島谷《しまだに》にかけて、多くの松や櫟《くぬぎ》の林と畑つづきである。真沙の幼い頃には狼《おおかみ》が出るとさえいわれ、松茸《まつたけ》やしめじを採りに来るにも怯えたものだ。

「では聴狐庵《ちょうこあん》とでもつけようかな」

そのとき小間使にはこう笑ったものの、さすがに自分でも肩の寒いような気持は避けられなかった。

三十余年も賑《にぎ》やかな局《つぼね》ぐらしをしたあとではあり、はじめは流人《るにん》にでもなったような寂《さび》しさだった。夜になると燈火《とうか》を二つも三つも点《つ》けたり、いねを自分の寝間《ねま》へ一緒に寝かせたり、どうしても眠れないので、しばしば夜半に酒を舐《な》めたりした。冬のかかりにいちど鹿《しか》が迷い込んで来た。そのとき真沙は松林の中でまんりょうを採っていたのだが、落葉を踏むあらあらしい音を聞いて振返ると、つい鼻先に身の丈九尺（本当にそう思った）もある牡鹿《おじか》が立っていた。栗色《くりいろ》の斑毛《ぶちげ》と、恐ろしい枝角と、そしてぎらぎら光る眼とが、いっしょくたになってこちらの眼へとび込んで来た。自分では覚えていないが、非常なこえで叫んだそうである。金造が棒を持って駆けつけたときには、その鹿は林の下枝に角をひっかけひっかけしながら、田《た》ノ窪《くぼ》といわれる方へ逃げていったという。「ひとつ鉄砲を買って頂くんですな。惜《お》しいことをしました」老僕はいかにも残り惜しそうに、地境の外まで見にいったが、真沙はすっかり不安になって、雪の来ないうちに庭まわりへぐるっと竹垣を結《ゆ》わせた。

年が押詰ってから、とつぜん一人の老婦人が訪ねて来た。

「おわかりになって――」その婦人は玄関でこう云いながら笑った。「おわかりにならないでしょ、いかが」

「まァ、戸沢の菊江《きくえ》さま」真沙はむすめのように叫んだ。「菊江さまでしょう。まあびっくりしましたわ。ようこそ、さあどうぞ」

客は戸沢数右衛門の末娘だった。真沙より一つ年下で、いつか戸沢家に半年ほど世話になったとき親しくした。その頃もうどこかへ縁談が定まっていて、真沙が江戸へ去ったあと嫁《とつ》いだということは聞いたが、互いの境遇の変化もあって、それ以来まるで思いだしもしなかった人である。嫁ぎ先は大倉主殿《おおくらとのも》という老職で、現在は良人と隠居ぐらしだという。真沙は百年の知己に会ったほども嬉《うれ》しく、金造をその家へ使いに遣《や》って、その夜はむりやり泊っていって貰った。

## 五

桃山での生活はしぜんとおちついていった。菊江の訪れから糸をひいて、折おり客も来るようになり、俳諧《はいかい》や茶の集会を催したり、月雪花に小酒宴を張ったりした。……いねは三年いて暇を取り、下女もなかなか落着いてくれなかった。金造はよく勤めたが、足に痛風が出たため、五年めに伊助《いすけ》という男を代りに入れて去った。それから二年ばかりのうちに、菊江が亡くなったのを始め、よく客に来た人たちの中から、江戸へ転勤になったり、病死したりして、幾人かの知人が欠け、彼女自身も三月ばかり病んで寐《ね》た。

——そのときのことである。秋も終りにちかい季節だったが、夜半と思うころふと眼が覚めると、庭のほうで横笛の音がしていた。江戸の御殿にいるうち、真沙も音曲はひととおり稽古《けいこ》をして、笛などもかなり聞き分けられるのだが、そのとき聞く節調はまったく耳馴《みみな》れないものだった。節調とはいえないかも知れない。ただ即興に好みの音色をしらべているのかも知れない。淡々として平板で、少しも人の感情に訴えるものがなかった。笛は間もなく止《や》んだ。

起きられるようになって、かたちばかりの祝いに客をまねいた。その後のことであるが、客を送り出した庭さきで、ふと伊助を呼止め、

「おまえ笛をお吹きか」と訊《き》いてみた。老僕はまごついたように叩頭《こうとう》して、いたずらでございますと口を濁《にご》した。金造と代ってから二年あまりになるが、いつも黙々と働く姿を見るだけで、彼とは余り言葉を交《か》わしたことがなかった。もう六十七八であろう。瘦《や》せてはいるが骨の確《しっか》りした軀《からだ》つきで、肩のあたりにどことなく枯れた品がある。口数が極めて少ないし、なにをするにもおっとりと静かだった……。なにか過去に事情があって身をおとした人に違いない。こう思ってそのときはなにも云わなかったが、数日のち彼が庭を掃《は》いていたとき、縁側へ茶を運ばせて、少し休むようにと呼んだ。伊助は沓脱《くつぬぎ》に腰をかけ、いかにも静かに茶を味わいながら、真沙の問いに少しずつ答えた。

「さようでございます。この土地の生れではございません」松林のかなたを眺めるような眼つきで、区切り区切りこう云った。「ひとこと話せばひとことが身の恥でございます。家はかなりにやっておりました。土蔵なども三棟ばかし有ったものですが、やっぱりそういう運だったものですか、今では帰っても土台石ひとつ残ってはおりま

せん。さようでございます、ずっと南のほうでございます」

そのときがきっかけになって、真沙はよく伊助を話し相手に呼んだ。彼は訊かれることはすなおになんでも話すが、すべてが控えめで、直接その事を語るより、脇《わき》のことで表現するという風だった。例えば笛にしても、「自分のはでたらめである。然《しか》し三年ばかり里神楽《さとかぐら》の仲間と一緒に暮したが、あの仲間には名人といってもいいような人間がいる」こういう云い方をするのである。妻もいちど貰《もら》ったが、うまくいかないで別れた。もちろん子供もない。故郷をとびだして以来は街巷《ちまた》から街巷を流浪して歩き、口には云えないような世渡りもした。まるで水の上に落ちた枯葉と同じで、ただ流れのまにまに生きて来たのである。

「その枯葉が風の拍子で、淀《よど》みへ吹き寄せられた、——此処《ここ》のお世話になったのも、ちょうどそんな工合でござりましょうかな」伊助はこう云って静かに笑った。「おかげさまで生れて初めて落着きました。こんな静かな、のびのびした暮しができようとは、夢にも思いませんでしたが——」

こうして親しく話すようになっても、伊助の態度は少しも変らなかった。些《いささ》かでも狎《な》れた様子とか、怠《なま》けた風はみせない。こちらから呼びかけない限りは、黙ってこつこつ自分の仕事をしている。酒なども出してやれば飲むが、自分では決して口にしないようだった。

或《あ》る年の秋だったが、林の中を歩いていると、あけびのなっているのをみつけた。採ろうとしたが高いので、伊助を呼びに戻った。彼は薪を割っていたのだろう、納屋《なや》の前のところで台木に腰をおろし、こちらに背を向けて、なにか手に持った物をじっと眺めていた。割られた木の、酸《す》いような匂《にお》いが、そのあたりいちめんに漂《ただよ》っている。なにを熱心にながめているのだろう。真沙はふと脇のほうから近寄りながら覗《のぞ》いた。

――老人の掌《てのひら》の上には、柘榴《ざくろ》の熟れた実があった。真沙はなんだと思って苦笑しながら、

「うちの柘榴は酸っぱくて喰べられないのだよ」

こう云った。どんなに吃驚《びっくり》したものだろう。伊助は殆んど台木からとび上り、柘榴は彼の手から落ちてころころと地面を転げた。

「ああ胆《きも》がつぶれました」伊助はあけびを採りながらも、幾たびか太息《といき》をついた。

「こんなに驚いたことはございません。きっとはんぶん眠っていたのでございましょうが――」

八年いるあいだに、彼がそんなあからさまな自分をみせたのは初めてである。真沙

も久方ぶりにずいぶん笑い、後になってからも、思いだしては可笑《おか》しくて頬笑《ほほえ》まされた。

# 六

庭の樫《かし》を伐《き》ることにきめたのは、後《のち》の月の十日ばかりまえだった。梢《こずえ》も伸び枝も張りすぎて、月を眺めるのに邪魔になる。去年もそう思ったのだが、つい気がすすまずに延ばしてあった。その話をすると「宜《よろ》しかったら私が伐りましょう」こう云って、伊助はすぐ城下まで斧《おの》を買いにいった。

樫は根まわり五尺ばかりあった。伊助は休み休み一日いっぱい斧を振っていたが、二日めの午後にようやく半分くらい切込んだ。……真沙はそれを見にいってから、居間へ戻って手紙を書くために机に向った。亡くなった菊江の友で、城下の本伝という大きな商家の妻女が、この頃では最も親しく訪ねてくれる。その人へ後の月の招きを出す積りだったのだ。——墨を磨《す》り、紙をのべて、筆を手にしながら書きだしを考えていると、どんな連想からだろう、とつぜん真沙の頭に奇妙な疑いが湧《わ》きあがった。それは伊助が良人《おっと》の昌蔵ではないかということだ。この奇妙な疑問が、なにを根拠に起こったかわからないが、ふとそう思ったとたんに、非常な確実性をもって真沙の頭を占領した。それは八年のあいだ、無意識に溜《た》めていた印象の断片が、自然の機会を得て、一つのかたちを成したとも云える。

「ああ」真沙は低く呻《うめ》きながら筆をおいた。

樫木が伐倒されたのであろう、だあっと凄《すさ》まじい物音がし、地面が揺れた。

真沙は身震いをした。柘榴、——松室へ嫁《か》したはじめの頃、昌蔵は柘榴の実を割って、その美しい種子粒を妻の軀に譬《たと》えた。伊助は納屋の前で掌に同じものを載せ、近づいて来る人のけはいにも気づかぬほど熱心に眺めていた。あのときの度外れな驚きようは、単にぼんやりしていたための驚きだろうか。……真沙の潜在意識の中から、八年間のあらゆる記憶が甦《よみがえ》ってくる。彼の身振り、言葉の端はし、笑う口つき、ものを見る眼もと、そしてまた柘榴。

「だがどうしたのだろう」真沙はふと庭のほうへ眼をやった。「——なにも聞えない。樫の倒れる音がしたっきりだ」

たしかに、樫の倒れる凄まじい音と地響きがしてから、急にひっそりとなにも聞えなくなった。……真沙は立って縁側へ出てみた。庭の向うがひとところ、嘘《うそ》のように明るくなって、これまで見えなかったお城の巽櫓《たつみやぐら》が正面に眺められる。樫木は斜面の低いほうへ倒れ、鮮やかに新しい切口をこちらへ見せている。なんの音もしないし人の影もない。――その異様な静かさは真沙をぞっとさせた。なにか起こった。なにか非常な事が起こった。こう直感するなり、彼女は跣足《はだし》で庭へとびだしていた。

伊助は樫木の下敷になっていた。腰骨のあたりを押潰《おしつぶ》されて……。彼は唇《くちびる》まで紙のように白くなり、歯をくいしばっていた。真沙は悲鳴をあげて、小間使と下女の名を呼びながら伊助の側《そば》へ膝《ひざ》をついた。――駆けつけて来た下女と小間使が、とりみだして騒ぐのを叱《しか》りつけ、一人を医者へ、下女には人を四五人呼んで来るように命じてやった。

「しっかりして下さい。もうすぐ人が来ます。医者もすぐ来ますよ。わたしがわかりますか」

「構わないで――」伊助はほとんど声にならない喉声《のどごえ》で、眉《まゆ》をしかめながらこう囁《ささや》いた。「年を取ったのですな。足を滑らせまして、……ばかな事です」

真沙は伊助の肩へ手を掛けた。そしてじっとその眼をみつめながら云った。

「本当のことを云って下さい。――あなた昌蔵どのではございませんか、あなたは松室昌蔵どのではございませんか」

伊助は口をあき眼を瞠《みは》った。その大きくみひらかれた眼を、光りのようにすばやく、なにかのはしるのが感じられた。真沙は両手で彼の肩を摑《つか》み、顔と顔を重ねるようにして呼びかけた。

「仰言《おつしや》って下さい。傷は重うございます。これが最期《さいご》になるかも知れません。本当のことをひと言だけ聞かせて下さいまし。あなたは真沙の良人でございましょう――」

伊助はじっとこちらを見た。黙って、かなりながいこと真沙の眼を見上げていたが、やがて静かに頭を左右へ振った。そして、ごく微《かす》かな、殆んど聞きとれないような声で、「いい余生を送らせて貰いました」と囁いた。

後の月の招宴はとりやめにした。伊助のなきがらを埋めた庭の隅《すみ》の、灌木《かんぼく》に囲まれた日溜りに、よく鵯《ひよどり》が来ては鳴いていたが、間もなく雪が来て凡《すべ》てを白く掩《おお》い隠してしまった。

凍《こお》った根雪の上にまた雪が降り、その上にまた積っては凍りしてからも、真沙は伊助の墓標の前へいって物思いに耽《ふけ》る習慣をやめなかった。

伊助は自分が昌蔵であるということを否定した。それはそのままに受取ってもよいし、また否定のかたちをとった肯定と解釈してもよい。真沙もすでに六十三歳になっていた。言葉やかたちで示すもの以外の、もっと深くより真実なもの、人の心の奥深く秘められたものを理解する年齢に達していた。八年いるうちには、真沙があれからずっと独身でとおしたことも知ってくれたであろう。伊助も「いちど妻は娶《めと》ったが、うまくいかずに別れた。それ以来は妻もなし子もない」と語ったことがある。――その伊助が昌蔵であったにせよなかったにせよ、最期に囁いた彼の言葉は、真沙を慰めるのに十分であった。

――いい余生を送らせて貰いました。

# つばくろ

# 一

吉良《よしなが》の話があまりに突然であり、あまりに思いがけなかったので、紀平高雄《きひらたかお》にはそれがすぐには実感としてうけとれなかった。

「話したものかどうかちょっと迷ったんだけれど、とにかくほかの事とは違うからね」

吉良節太郎《せったろう》はつとめて淡泊な調子で云《い》った。

「なんでも梅の咲きだす頃からのことらしい、七日おきぐらいに逢《あ》っていたというんだが、そんなけぶりを感じたことはなかったのかね」

「まるで気がつかなかった」

「だって七日おきぐらいに外出していたんだぜ」

「願掛けにゆくということは聞いていた、たしか泰昌寺の観音とか云っていたように思うが」

「それが不自然にはみえなかったんだね」

吉良はこう云ってから、ふと頭を振り、口のなかで独り言《ひとごと》のように呟《つぶや》いた。

「いかにも紀平らしい」

それは彼が高雄に対してしばしばもらす歎息《たんそく》であった。高雄の弱気に対して、善良さに対して、感動したばあいにも、また咎《とが》めるようなときにも、そう歎息することで彼は自分の気持を表現した。高雄は眼を伏せたまま遠慮するようにきいた。

「それで、相手も見たのかね」

「見たよ、森相右衛門《もりそうえもん》の三男だ、知っているだろう、森三之助《もりさんのすけ》」

「――と云うと、たしか江戸へいった」

「ゆかなかったんだな江戸へは、現におれがこの眼で見ているんだから」

そこで吉良はちょっと口をつぐんだ。こちらの話すことが高雄をどんなにいためつけるか、どんな苦しみを与えるかは初めからわかっていた。しかしこんどの事はへたに劬《いた》わったり妥協したりしてはいけない。どんなに残酷であっても、傷口のまん中を切開し、腐った部分をきれいに搔《か》き出してしまわなければならない、このばあいは無情になることが彼に対する友情なのだ。こう思いながら、吉良は事務的な口ぶりで云った。

「伊丹亭《いたみてい》の者はまだなにも知らない、ほかにも気づいている者はないだろう、いまのうちに片をつけるんだな、狭い土地のことだからこのままいくと必ず誰かの眼につく、そうならないうちに始末をつけるんだ、……おれで役に立つことがあったらなんでもするよ」

吉良の家を出てしばらく歩くうちに、高雄は軀《からだ》に不快な違和を感じた。発熱でもしたようで、頭がぼんやりし、膝《ひざ》から下がひどく重かった。

――吉良がその眼で見た。

ぼんやりした頭のなかで絶えずそういう声が聞えた。自分でない誰かほかの者が呟いているように、よそよそしい調子で、繰り返し同じ声が聞えるのであった。

――吉良が自分でつきとめた。

――どうにか始末しなければならない。

――だがどうしたらいいのか。

意識は痺《しび》れたように少しも動かなかった。まるで白痴にでもなったように、集中してものを考えることができず、想《おも》うことが端《はし》からばらばらに崩れ、とりとめのない断片ばかりが、休みなしにからまわりをするだけだった。

家へ帰って妻の顔をどう見たらいいだろうか。平静でいることができるだろうか。彼はそれを案じた。だが思ったより心は穏《おだ》やかで、夕餉《ゆうげ》も平生のとおり大助《だいすけ》といっしょに摂《と》った。妻のようすにも変ったところはみえなかった。かえって明るく元気なふうでさえあった。……大助は半月ほどまえから自分で喰《た》べるようになったが、まだ匙《さじ》が十分に使えないので、顔じゅうを飯粒だらけにし、口へ入れるよりこぼすほうが多かった。へたに手を出すと怒るので、うまくだましだまし介添をしてやるのだが、顔に付いたのを取ったりこぼしたのを拾ったりする妻のようすは、若い母親の満足と喜びにあふれているように思えた。

――寝るまえに話そう。

高雄はそう思った。あっさり云《い》いだせるような気持だったが、いざそのときになると云いだすことができなかった。役所から持ってきた仕事を机の上にひろげ、筆を持ったが、そのまま机に凭《もた》れてぼんやりと時をすごした。

自分では気がつかなかったが、そのときすでに彼の苦しみが始まっていたのである。それは効きめの緩慢《かんまん》な毒が血管を伝わって徐々に組織を侵すように、じりじりとごく僅《わず》かずつ、時間の経過につれてひろがり、蝕《むしば》み、深く傷つけていった。……三日ばかりのあいだに彼は痩《や》せて、顔色が悪くなり、食事の量も少なく、ひどい不眠のあとのように眼が濁《にご》ってきた。

「おかげんでもお悪いのではございませんか」

おいちが心配そうにたずねた。

「——おれか、……」

高雄は妻のほうへ振り向いた。それは吉良から話を聞いて五日目の朝のことで、彼はちょうど登城の支度を終ったところだった。振り向いて妻を見たとき、彼の胸のどこかにするどい痛みが起こった。

おいちは青みを帯びたきれいな眼でこちらを見あげていた。五尺そこそこの小柄な軀つきであるが、ぜんたいの均整がよくとれているので、立ち居の姿はかたちよくすらっとしてみえる。きめのこまかい膚《はだ》はいつも鮮やかに血の色がさしていて、濡《ぬ》れたようになめらかな薄紅梅色の唇《くちびる》とともに、まるでそだちざかりの少女のような、あどけないほど柔軟で匂《にお》やかな嬌《なま》めかしさをもっていた。

——塵《ちり》ほどのよごれもないこのきれいな眼が、……少しの濁りもないこの柔らかな肌が。

高雄は云いようのない激しい感情におそれ、おれか、と反問しかけたままで顔をそむけた。そのときつきあげてきた感情は生れて初めて経験するものだった、苦しいとも悲しいとも寂しいとも形容できない、自分ではまったく区別のつかない、しかし非常に激しいものであった。……玄関へ出ると、おいちは大助を抱いて送りに出た。高雄の気持がわからなかったのだろうか、式台へ膝をついてこちらを見ながら云った。

「わたくし今日は泰昌寺へ参詣《さんけい》にまいりたいのですけれど、よろしゅうございましょうか」

「いや今日はいけない」

高雄は向うを見たままで答えた。

「今日は早く帰ってくる、話があるから、どこへも出ないでいてもらいたい」

はいというおいちの声は消えるように弱かった。高雄は硬《こわ》ばった肩つきで、妻のほうは見ずに玄関を出た。そのうしろへ大助の舌足らずな声が追ってきた。

「たあたま、おちびよよ、よよ」

二

泰昌寺という妻の言葉が、反射的に彼の決心を促したようだ。城へあがるとすぐに支配へ届けをし、午《ひる》の弁当をつかわずに下城した。……決心はしたものの、心は重くふさがれ、刺すような胸の痛みは少しも軽くならなかった。帰る途中でなんども立停《たちどま》り、白く乾《かわ》いた埃立《ほこりだ》った道のおもてを眺《なが》めながら、彼はふと無意識に頭を振ったり、思い惑《まど》うように溜息《ためいき》をついたりした。

おいちは家にいた。

「食事はいらない、おまえ大助と済ませたら居間へ来てくれ」

高雄は着替えをしながらこう云った。妻の顔を見ることができなかった。返辞を聞くのも耐えがたいようであった。

居間へはいった彼は、机に向って坐《すわ》り、あけてある窓から外を眺めた。おちつかなければいけないと思った。……そこは東北に向いた横庭で、亡《な》くなった父の植えた岳《だけ》樺《かんば》が五六本あるほかは、袖垣《そでがき》の茨《いばら》が枝をのばしたのや矢竹の籔《やぶ》などが、手入れをしないので勝手に生えひろがっている。岳樺は寒い土地の木で、こんな処《ところ》では根づくまいといわれたのだが、植えたときからみると倍以上にもそだち、今も若枝にみずみずと、柔らかそうな双葉が出そろって、春昼《しゅんちゅう》の日光をきらきらと映《うつ》していた。

「――おいち、……おいち」

高雄はそっと口のなかで呟《つぶや》いて、そうして机に肱《ひじ》をついて、眼をつむった。

彼女は貧しい鉄砲足軽の一人娘だった。父親は幸助《こうすけ》といってたいそう好人物だったらしい。妻がながいこと胃を病んで、ずいぶん貧窮していたところへ、幸助がまた卒中で倒れた。母親がながいあいだ寝ていたので、おいちは八九歳のころから炊事や洗濯をし、かたわら近所の使い歩きや子守りなどもして家計を助けていた。父の倒れたのは十三歳の秋であったが、そのじぶんには糸針を持って巧みに繕《つくろ》い物をし、またしばしばよそから頼まれて、解き物や張り物などの手伝いにいった。両親の世話をしながらのことで、どんなにか苦労だろうと思われるのに、そんなふうは少しも人にみせなかった。明るい顔つきではきはきして、いかにもすなおであった。背丈は小さいが縹緻《きりよう》はかなりいいし、気はしがきくので誰にも可愛《かわい》がられた。

幸助が倒れてからまもなく、まわりの人々がおいちに縁談をもってきはじめた。おいちはまだ十三であったが、一人娘だから形式だけでも婿《むこ》を取って、いちおう相続の届けを出すのが常識である。そういう話の出るのは当然なのだが、十三のおいちがそのことだけは固く拒んだ。

――わたくしは一生ふた親の面倒をみてくらします。

たとえかたちだけでも親子三人の生活を変えたくないという気持らしい。父親の幸助もそれに同意とみえて、かなりいい縁談にもはかばかしい返辞をしなかった。

――久尾《ひさお》の家名などといっても、しょせんはたかの知れた小足軽のことだし、へ

んな者を婿《むこ》にして、ゆくさきおいちに苦労させるのも可哀《かわい》そうだから。

卒中でよく舌のまわらない幸助は、そんなふうに云ってどの話をも断わった。……

その頃は世の中が一般に爛熟期《らんじゅくき》といったぐあいで、貧富の差もひどく、人情風俗も荒れていた。貧しい多数の人たちが餓えているのに、富裕な者はその眼の前で贅沢三昧《ぜいたくざんまい》をして恥じない。武家でも富んだ町人から持参金付きの嫁や婿を入れて、それがさほど稀《まれ》なことではなくなっていた。……男女間の風紀などもとかく紊《みだ》れがちで、いろいろといやな噂《うわさ》が多かった。幸助が婿養子の話に乗らなかったのは、こういう世相から推して、来てくれる人間に信頼がもてなかったらしいのである。

おいちが十五歳の春に幸助が死に、ほんの三月ほどして、あとを追うように母も亡くなった。その少しまえから、おいちは縫い物や解き物をしに、紀平の家へしばしば来た。高雄は知らなかったが、母の伊世《いせ》がひじょうな気にいりで、特別にひいきだったらしい。父の雄之丞《たかのじょう》もむろん同意のうえだったろうが、おいちが孤児になるとすぐ、母の実家の青野《あおの》へ彼女を預け、そこで十八まで教育したうえ、青野を仮親にして高雄の嫁に迎えた。

紀平へ来てから二年ばかりは、おいちは悲しそうな浮かないようすであった。この

結婚が気に入らないのかとも思えた。母はいろいろ心配したようであるが、高雄はほとんど無関心であった。

一年半ほどして父の雄之丞が亡《な》くなり、その翌年の夏に、母も烈《はげ》しい痢病《りびよう》で死んだ。そのときのおいちの歎《なげ》きようは異常であった。こんなにも母を慕《した》っていたのかと、高雄が眼をみはるほど歎き悲しんだ。……あとで思うと、そのときおいちは身ごもっていたので、そんなことも影響したのかもしれない。そうしてそれを機縁のように、おいちは初めて高雄に心をよせてきた。性質もしだいに明るくなり、家事のとりまわしもきびきびするようになった。

大助を産んでから、おいちはさらに美しくなっていった。それは堅い木の実の殻《から》が破《やぶ》れて新鮮な果肉があらわれたという感じである。膚《はだ》は脂肪がのっていよいよ艶《つや》やかに、しっとりと軟らかい弾力を、帯びてきた。自信とおちつきを加えた眸子《ひとみ》は、ときに驚くほど嬌《なま》めかしい動きかたをする。生命と若さの溢《あふ》れるような、みずみずしい妻の姿に、高雄は初めて女の美しさをみつけたような気がした。

「――そのおまえが、……おいち、そのおまえが、おれの知らないところで……」

高雄は眼をつむったまま、そっとこう呟いて、苦しさに耐えないかのように、喘《あえ》いだ。

廊下を妻の来るのが聞えた。

その足音はいつもの妻のものではなかった。弱々しく躊《ため》らいがちな、爪尖《つまさき》で歩くようにさえ聞えた。高雄は妻が坐《すわ》るまで黙っていた。それから眼をあいて岳樺の枝を見あげ、薄く霞《かすみ》をかけたような空の青を眺めた。

「――おまえにききたいことがある」

彼は妻に背を向けたままで云《い》った。

「――私もききにくいし、おまえも答えにくいだろうと思うが、とにかく、正直に返辞をしてもらいたい」

おいちははいと云った。低くかすれた声ではあるが、すでに覚悟をきめたという響きがあった。高雄は挫《くじ》けそうになる自分に鞭《むち》を当てる気持で、思いきって妻のほうへ向きなおった。しかしそのとき、廊下《ろうか》をばたばたと大助が走ってきた。

「たあたま、かあかん、ちばめよ、ちばめがおちかけたのよ、ちばめのおちよ」

まわらない舌で叫びながら、走ってきて、母親の肩を摑《つか》み、昂奮《こうふん》して赤くなった顔で父を見て、せいせい息をきらして云った。

「ほんとよたあたま、いやっちゃい、ちばめがおちかけたのよ、早くよ、ねえかあかん」

「よしよしわかった」高雄は子供に笑いかけて頷《うなず》いた、「――父さまはいま御用があるから、母さんと先にいっておいで、あとからすぐにゆくよ」

おいちはとびたつように立った。まるで囚《とら》われた者が解放されたように、大助を抱きあげて小走りに出ていった。

高雄は窓のほうへ向きなおり、机へ片手を投げだしながら溜息をついた。ふしぎなことに彼自身も救われたような気持だった、それは不決断でありみれんであるかもしれない、単に時間を延ばしたにすぎないのであるが、彼はほっとして、もう少し待ってみようと思った。――人間はみなそれぞれの過去をもっている、ただ現在の事実だけで責任を問うわけにはいかない、男女関係は特に微妙なのだ、もう少しようすをみていよう、こう考えたのであった。

おいちはまもなく戻ってきた。大助を抱いたまま、廊下からおずおずと云った。

「脇《わき》玄関の中へ燕《つばめ》が巣をかけましたの、払わなければいけませんでしょうか」

「そのままでいいだろう」高雄はこう云いながら、振り返って子供を見た、「――そうか、おちというのはお巣のことだったのか、大さんの云うことはわからないねえ」

「あのちばめだいたんのだね、たあたま」

「うん大さんのだ、そしてこれからはずっと毎年やってくるよ」

「だいたんのだかだだね」

「そうだ、大さんの燕だかだだ」

良人《おっと》の軽い口ぶりを聞いて、おいちは声をあげて笑いだし、大助に激しく頰ずりをしながら、そして噎《むせ》るように笑いながら去っていった。

三

もちろんそれで事が解決したわけではない、彼の胸にできた傷は絶えず痛み、時をきってするどい苦痛におそわれる。夜の眠りは浅いし、無意識に溜息をついたり、呻《うめ》き声をあげたりした。ふとすると兇暴《きょうぼう》に妻を責める空想に耽《ふけ》っていることもあり、なにもかも投げだして山へでも逃げたいと思うこともあった。

これらは生れて初めての経験であって、その苦痛の激しさと深さはたとえようのないものであった。

——だがこの苦しさには馴《な》れてゆけるだろう。

彼はそう思った。人間はたいてい悪い条件にも順応できるものだ、辛抱づよいことでは彼は自信がある、自分が苦しむだけで済むなら、それで誰も傷つかずに済むなら、必ず耐えぬいてゆけると思った。

——残る問題はおいちの気持だ。

相手は森三之助だという。彼らがどうして知りあい、どこまで深入りしているのか、相手はとにかくおいちはどう思っているのか。それだけはどうしてもはっきりさせなければならないだろう。……だがそうだろうか、二人に逢《あ》う機会を与えないで、このままの状態で、時間が解決してくれるのを待ってもよくはないか。

燕が脇玄関に巣をかけた日から、高雄はこのように思い惑い、苦しい悩ましい時を送った。だがそれからちょうど四日めに、とつぜん思いがけない出来事が起こった。

その日は下城のあとで役所の支配に招かれていた。正満文之《まさみつぶんの》進《しん》というその支配は四十三になるが、結婚して十四年めに初めて男の子を儲《もう》けた。

「まるで大将首を拾ったような気持でね」

彼は相手構わずそう云って喜んだ。その出生祝いに招かれたのであるが、老職も三人ほど来て、酒宴は思いのほか長くなった。高雄は上役の人たちのあとから辞去したので、正満家の門を出たのは十時《四ツ》に近かった。……正満の家は三条丸にある、そこから下北丸の自宅まで帰るには、大手道と的場跡をぬけるのと二つある、的場跡の脇をぬけるのは裏道だが、そのほうが早い。下僕は先に帰らせたので、高雄は自分で提燈《ちょうちん》を持って、その裏道を帰途についた。

的場跡は二万坪ばかりの広さで、今では石や材木の置場に使われている。周囲には古い椎《しい》の木や樫《かし》や楢《なら》などが、柵《さく》のように幹《みき》を接し枝をさし交《か》わし、その向うに荒れた草原がひろがっていた。……そこは武家屋敷の西の外郭に当る。道幅も六間ほどあって、ぐるっと的場跡を半周することができた。

月の冴《さ》えた晩であった。片側の樹立《こだち》の枝葉が、道の半《なか》ばまで鮮やかに影をおとしていた。あまり月が明るいので、高雄は提燈を消そうと思って立停《たちどま》った。そのときうしろに尋常でないもののけわいを感じ、反射的に振り返るなり、あっと云って、持っていた提燈を投げながら、彼は横へ跳んだ。

うしろからはだしで跟《つ》けてきたらしい、覆面をした男の軀《からだ》と、頭上へ襲いかかる刀の閃光《せんこう》とが、振り返る高雄の眼いっぱいにかぶさったのである。

「なにをする、待て」

横っ跳びに道の一方へ避《よ》け、自分の顔を月のほうへ向けて彼は叫んだ。

「人ちがいするな、紀平高雄だ」

男は樹立の陰にいた。その二間ばかり左で、抛《ほう》りだされた提燈が燃えている。相手は誰とも見当はつかないが、覆面しているのと、はだしになった足袋《たび》の白さとが、烈《はげ》しい殺気を表白するようにみえた。

「人ちがいではないのだな」

「――――」

「名を云え、誰だ」

高雄は危険を感じて刀を抜いた。そのとき相手はつぶてのように斬《き》り込んできた。少しも声をあげない、息を詰めて、ほとんど捨て身の動作で、遮二無二《しゃにむに》斬り込み、斬り込み、そして斬り込んだ。

――あ、そうか。

高雄は樹立の中へとびこみながら、思わず心にそう叫んだ。そうだ、その人間のほかに自分を覘《ねら》う者はない、彼だ。こう思い当ると高雄はとつぜん激しい怒りにおそわれた。

「わかった、森三之助だな」

彼がそう叫ぶと、相手の軀が戦慄《せんりつ》するようにみえた。高雄は自分の声に自分で闘志を唆《そそ》られ、颯《さつ》と明るい路上へとびだした。

「卑怯者《ひきょうもの》、そんなにおいちが欲しいならやってみろ、そうむざと斬られはしないぞ」

相手は呻《うめ》き声をあげた。絶体絶命と思ったらしい、やはり声はださなかったが、まるで逆上したように突込んできた。

──斬ってやろう。

高雄はそう思った。だが、次の刹那《せつな》に、相手が激しくのめって、顚倒《てんとう》した。どこか骨を打つような音が聞え、刀が手から飛んだ。すぐはね起きるふうだったが、どうしたのか、そのままがくっと地面に伏し、苦しそうに足を縮めて喘《あえ》いだ。

そのみじめな姿を見たとき、高雄の怒りは水を浴びたように冷めた。

──逃げろ、今なら逃げられるぞ。

高雄は刀を持ったまま走りだした。

## 四

紀平高雄の弱気は知らない者はなかった。吉良節太郎とはごく幼いころから、誰よりも親しくつきあい、互いに深く信頼しあっていたがその吉良でさえ彼の弱気にはしばしば疳《かん》を立てた。近ごろでは諦《あきら》めたようすで、そんなことがあっても、相変らず紀平らしいな、こう云って苦笑する程度だが、以前はよく怒って意見をしたものであった。

的場跡から家へ帰ったとき、彼はもうすっかりおちついていた。むしろ異常な昂奮《こうふん》のあとの、しらじらと哀《かな》しいような気持であった。けれども着替えをしたとき、脱いだ物をたたんでいたおいちが、あ、と低く叫ぶのを聞き、なにげなく振り返って、おいちの手にある袴《はかま》を見た刹那《せつな》に、再び怒りがこみあげてきた。袴《はかま》の腰下が横に一尺ばかり切れていたのである。高雄はやや乱暴に着物も取ってひろげてみた。着物もその部分が切れていた。

——なんというやつだ。

高雄は激しい怒りのために息が詰りそうだった。おいちも震えていた。およそ事情を察したのだろう。ひろげた袴の上へ手をついて、頭を垂《た》れたまま震えていた。

「おれは闇討《やみうち》をかけられた、誰が闇討をしかけたか、おまえにはわかっている筈《はず》だ、おいち」彼はこう云ってそこへ坐《すわ》った、「——おまえは今夜のことも知っていたのではないか」

おいちはうなだれたまま頭を振った。

「正直に云え、正満から帰る途中にやるとおまえは森から聞いていたのではないのか」

高雄の声は激しかった。おいちはその声にうち伏せられるかのように、ううと声をあげて前へのめった。前のめりに倒れると、片方の腕がぐらっと力なく投げだされて、そのまま動かなくなった。

「——おいち、おいち、おいち」

彼はすり寄って呼んだ。妻の顔は血のけを喪《うしな》って硬《こわ》ばり、固く歯をくいしばっていた。悶絶《もんぜつ》したのであった。……高雄は茶碗《ちゃわん》に水を汲《く》んできて、妻を抱き起こして、くいしばった歯の間から口の中へ注《そそ》ぎ入れてやった。

息をふき返したおいちは、ようやく身を起こしたものの、正しく坐ることができないとみえ、両手を畳について、それでも不安定に半身をぐらぐらさせていた。

「今夜はきかなければならない、どうして彼と知りあったのだ、二人はどんな関係になっているんだ、正直に云ってくれ」

おいちは荒く息をついていた。だが悶絶するほどの苦しみを経《へ》て、覚悟はきまったのだろう、低くかすれた、うつろな声で、とぎれとぎれに云いはじめた。

「——あの方に、松葉屋《まつばや》の飴《あめ》をさしあげました、それから、米屋のお饅頭《まんじゅう》も……」

なにを云いだすのかと思ったが、それがおいちの告白の最初の言葉であった。

「——あの方は御三男で、そのうえ、ほかの御兄弟とは、お母様が違うのです、……

あの方はみなさんとは別に育てられ、下男たちと同じ長屋に、独りで寝起きしていらっしゃいました、……あの方はいつも独りで、淋《さび》しそうに、悲しそうに、……窓から外を眺めておいでした」

森三之助が相右衛門の妾腹《しょうふく》の子だということは、おいちは森家の下婢《かひ》から聞いた。そのころ十三になっていたおいちは、まえに記したような事情で、森家へもしばしば頼まれ物でゆくうち、三之助の不幸な身の上を知ったのである。……おいちは彼が哀れで堪《たま》らなかった。彼は小遣などは貰《もら》えないで、自分にあてがわれたその長屋のひと間で、なにかの写し物をしていたり、ぼんやりと窓から外を眺めたりしていた。

「あの方がどんなに淋しく、悲しい気持でいらっしゃるか、わたくしにはよくわかりました、わたくしも貧しく、苦しい辛《つら》いくらしをしていましたから、……あの方がどんなに不幸でいらっしゃるか、わたくしには自分のことのようにわかりましたの」

不幸を経験した者でなければ、不幸の本当の味はわからない。おいちは彼の上に自分の哀れさをみた、慰めてやらずにはいられなくなった。そしてある日、おいちは乏しい銭《ぜに》で松葉屋の飴を買って、彼に遣《や》った。

「あの方は初めてのときは、そんな物は要《い》らないと云って、怒ったように脇へ向いてしまいました、……あの方はからかわれたと思ったそうですの、……あの方が十九、わたくしが十三のときでございました」

三度まで彼は受取らなかった。三度めにはおいちは泣いて帰った、そして四度めに、初めて三之助はおいちの贈物を取った。

――これではあべこべだね、でも貰うよ、有難う。

彼はそう云って、泣くような笑い顔をした。そしてこっちの気持がわかったのだろう、それからはいつもおいちの持ってゆく物を喜んで受取った。こちらの境遇が境遇なので、むろんそういつもというわけにはいかなかった。だがおいちは身を詰めるようにして小さい智恵《ちえ》を絞って、できるだけ彼を慰めることに努めた。城下で名の高い米屋の饅頭なども、幾たびか持っていって彼を喜ばせた。

――美味《うま》かったよ、話には聞いていたが喰べるのは初めてだ、やっぱり評判だけのことはあるね、有難《ありがと》う。

初めてその饅頭を喰べたときの、三之助の嬉《うれ》しそうな顔は、おいちには長く忘れることができなかった。……高雄の母のとりなしで、青野へひきとられてから、おいちはもう三之助を訪ねることはできなかった。新しい生活を身につけることでいっぱいだったし、時のたつうちにしぜんと忘れていった。そうしておいちは紀平家の嫁になったのである。

今年の一月の下旬、おいちは大助の虫封じに泰昌寺へ参詣《さんけい》をした。その帰りに三之助に呼びとめられ、彼に強《し》いられるままに、蘆谷河畔《あしやかはん》の伊丹亭という料亭にあがった。

三之助はひどく痩《や》せて、蒼白《あおじろ》い顔になり、しきりに咳《せき》をしていた。彼は初めから昂奮しておちつかないようすだったが、坐ってまもなく思い詰めたような表情で、意外なことを云いだした。

――私は今では逃亡者なんです。

彼はまずこう口を切った。前の年の暮に彼は婿《むこ》の話が定《きま》った、先方は江戸邸《やしき》の者で、五石三人扶持《ぶち》くらいの徒士《かち》だという。それもいいが話の纏《まと》めかたが乱暴で投げやりで、下僕たちまでが「厄介《やっかい》ばらいだ」などと蔭口《かげぐち》をきいていた。そして正月になるとすぐ、若干の金をくれ、ほとんど着のみ着のままで、江戸邸のこれこれという者を訪ねてゆくようにと、命令するように云われたのであった。

三之助は江戸へはゆかなかった。ゆくとみせて城下にひそんでいた。二十七歳まで耐え忍ぶ生活をしてきた彼は、そのとき初めて怒ったのである。その怒りがそのままおいちへの思慕《しぼ》に変った、彼はおいちに会って、自分の不幸を訴えたかった。おいちならわかってくれるだろう、そしてあのころのように温《あたた》かく慰めて、今後の相談相手にもなってくれるだろう。……こう思ってひそかに機会を待ち、ようやくその日にめぐりあえたという。……彼の話をおいちは泣きながら聞いた、そしてやはり江戸へゆくようにとすすめたのである。

——このままではゆけない、もういちど会ってください。

三之助はそうせがんだ。おいちは拒むことができなかった。日を定めてまた会《き》い、そしてまた次の日を約束させられた。

——私に愛情をみせてくれたのは貴女《あなた》ひとりだ、私に持ってきてくれたあの菓子が、どういう銭で買われたものか私はよく知っていた、私がどんなに嬉しかったか貴女にわかるだろうか、……持ってきてくれる菓子よりも、そうしてくれる貴女の気持が、私にとってどんなに嬉しかったか。

——このひろい世の中に、私には父も母もない、兄弟も友達もない、私には貴女だけだ、貴女は私のたった一人の人だ。

彼の言葉は会うたびに激しくなるばかりだった。

——もう貴女なしには生きてはゆけない、生きてゆきたくもない、どうか私のところへ来てください、紀平さんは身分もよし裕福で、あんな可愛《かわい》い子供まである、紀平さんにとっては貴女が全部ではない、しかし私には貴女が全部だ、貴女に別れるくらいなら私は死ぬことを選ぶ、私のところへ来てください、貴女にはこの気持がわかる筈《はず》だ、どうか私をこれ以上不幸にしないでください。

おいちには彼を突き放すことができなかった。現在の満ち足りた生活が、彼に対して罪であるかのように思えた。

「あの方がどんなにお可哀《かわい》そうか、わたくしにはよくわかりますの、わたくしも小さいときから苦労してまいりました。世の中の冷たさ、人々の無情さ、……苦しい辛い日々、云いようのない貧しさ、……おいちはそういうなかで育ちました、あの方を慰めてあげ、あの方の支えになってあげられる者は、わたくしのほかにはございません、ほかには一人もいないのでございます」

おいちはこう云って、袂《たもと》をきりきりと嚙《か》んで、声をころして泣きいった。高雄は眼をつむっていた。怒りは消えたが、怒りよりも耐え難い悲しさ、絶望といってもよいほどの悲しさが、彼の全身をひたし、呼吸を圧迫した。

「――わかった、それでよくわかった」

高雄はやがて口をきった。云いたいことが喉《のど》へつきあげてくる、思うさま声をあげて叫びたい、喚《わめ》き、どなって、胸にあるものを残らず吐きだしたかった。しかし彼にはできなかった。けんめいに自分を抑え、できるだけ平静な声で、静かに続けた。

「――私にも云いたいことはある、だが、それは云わなくとも、おまえにはわかっているだろう、……だから、ここでは、いちばん大事なことだけを話そう」

彼は眉《まゆ》をしかめ、ちょっと吃《ども》って、だがやはり穏やかに言葉を継《つ》いだ。

「――私が苦しんだように、おまえも、そして森も苦しんだろう、……私だけが苦しんだとは思わない、三人とも、お互いに苦しんできた。おいち、……この苦しみを活《い》かす法を考えよう、今いちばん大事なのは、それだと思う……この苦しみをむだにしてはいけない、これをどうきりぬけるか、お互いが傷つかぬように、できることならお互いが仕合せになるように、……それをよく考えてみよう、おまえそう思わないか、おいち」

「あなたの思うようになすってくださいまし」

嗚咽《おえつ》しながら切れ切れにおいちが云った。

「わたくしにはもうなにを考える力もございません、あなたがこうしろと仰《おっ》しゃるとおりにいたします、どうぞどのようにでも、思いのままになすってくださいまし」

## 五

それから数日して、おいちは猿ケ谷の湯治場《とうじば》へ立っていった。衰弱した軀《からだ》の療養という届けを出し、供には松助《まつすけ》という老僕を一人付けてやった。

供をさせる以上は秘密にはできないので、松助には事情をあらましうちあけた。すると初めはどうしても供はいやだと云って拒んだ。彼は父の代からもう三十余年も紀平に勤めている一徹で頑固《がんこ》で、人づきあいは悪いが正直な、いつもむっとふくれているような老人だった。

「さような不貞に加担するようなことはお断わり申します、私には勤まりません」

不貞に加担するなどという強い表現は、いかにも彼らしかった。高雄は彼に頭を下げた。いきさつの複雑さと、周囲の者に不審をもたせないためには、紀平家にもっとも古くからいて、親族や知友にも信用されている松助に供をしてもらうよりほかにない。もしこの内情が漏れたら、紀平の家がどうなるかわからないのだから、こう云って頼んだ。

「なが生きをすると恥が多いと申します、こんなお役を勤めようとは夢にも思いませんでした」

松助は口惜《くや》しそうに涙をこぼした。

猿ケ谷は城下から東北へ十里ほどいった、隣藩の領内にある山の中の湯治場で、五種類の温泉《いでゆ》が湧《わ》くので名高く、ずいぶん遠くから病気療養の客が来る。しかし他領のことだから、この藩の武家でゆくものはごく稀《まれ》である。雑多な客が絶えず出入りすること、家中の者にみつかる危険の少ないこと、そういう点で、高雄はそこを選んだのであった。

おいちが立ってから三日ほどして、高雄はその報告をしに吉良へいった。

「療養で湯治にやったそうだね、聞いたよ」

節太郎はきげんよくそう云った。そして慰めるつもりだろう、すぐに酒の支度《したく》をさせて、盃《さかずき》を交わしながら高雄の話を聞いた。……はじめはきげんがよかったけれども、聞いているうちに吉良はむずかしい顔になりしまいには怒ったように高雄を睨《にら》んだ。

「では森もいっしょに猿ケ谷へいったのか」

「——彼には今おいちが必要なんだ」

「では紀平には必要ではないというのか」

「——こんどの事は誰が悪いのでもない」

高雄は眼を伏せて低い声で云った。

「——ただ不運なめぐりあわせだったんだ。誰にも責任はないし、誰を不幸にもしたくない、おれの考えたことはそれだけだ」

吉良はそっぽを向いた。いかにも不服そうである、そしてそっぽを向いたまま、どういうふうに解決するつもりかときいた。

「二人は猿ケ谷に一年いてもらう」高雄はこう答えた、「——そのあいだに生活の手《て》蔓《づる》がみつかるだろう、みつからないばあいにも、一年たったらおれはおいちが病死したという届けをする、……二人は二人の生活を始め、おれはおれで、……できるなら、新しい生活を、始めようと思う」

「やりきれないな、そういう話は」

吉良は突っ返すように云った。

「そこまでゆくともう弱気とか、善良などという沙汰《さた》ではないね、むしろ不徳義だし、人間を侮辱するものだ、森が男ならそういう恩恵には耐えられなくなるぜ」

「吉良ならほかに手段があるかね」

「森とは決闘するか追っ払うかだ、妻はきれいに赦《ゆる》すか離別するかだ、それがお互いを尊重することなんだ」

「——おれには自分にできることしかできない」

高雄は自分に云うように云った。

「——おれは人の苦しむのを見るより、自分で苦しむほうがいい、これがもし人間を侮辱することになるなら、おれは喜んでその責を負うよ」

日がたっていった。月にいちどずつ猿ケ谷から松助が来る、表向きは療養の経過を知らせるという意味で、そのとき二人に変ったことがあれば聞き、こちらからは滞在雑費を渡すのである。……だが二人には変ったことはないとみえ、松助はなにも云わず、高雄もそれには触れなかった。松助は来ると一夜泊って、またむっとした顔で戻っていった。

大助はおいちの立っていった日から、ぷつっと母を呼ばなくなった。亡《な》くなった母の実家の青野では、実際の内情はもちろん知らなかったが、高雄が不自由だろうというので、青野の遠縁に当る者を手伝いによこした。……勝江《かつえ》という名で二十六歳になり、いちど結婚したが、不縁になって戻ったのだという。それにしては少しも暗い翳《かげ》のない、開放的なひどく明るい性質で、一日じゅうどこかしらで笑い声の聞えないことはないというふうだった。

「大さん、さあ小母《おば》さんに乗んなさい、お馬どうどうしましょう、ほら、走るわよ」

四つん這《ば》いになって、大助を背中に乗せてばたばた騒ぐ。来る早々からそんなぐあいで、大助もたちまち懐《なつ》いていった。

## 六

時はたっていったが、高雄の傷心は少しも軽くならなかった。

おいちが自分にとっていかに大事な者であったかということを、彼はますます強く、ますます深く感ずるばかりだった。嫉妬《しっと》もあるかもしれない、たしかに、森とおいちをひとつにした想像は、呼吸を止められ、胸を圧潰《おしつぶ》されるような苦しさだった。心理的であるよりも遥《はる》かに直接な、肉体的な苦悶《くもん》であった。……けれども、それにも増して、おいちがどんなに大事な存在であったかということ、彼女が自分を去ってからそれがわかったこと、そうして、それほど大事であったおいちを、自分がなおざりにしてきたことなど、こういう想《おも》いがいつも頭を離れず、とりかえし難い罪のように彼を苦しめた。

「もっと愛さなければいけなかった、もっと愛情と劬《いたわ》りがなければいけなかった」

彼はときどきそのように独り呟《つぶや》いた。

「そうすれば、あの男に会っても、あんなに気持を動かされはしなかったかもしれない、……おいちの心を、おれの愛と劬りでいっぱいにしていたとしたら、……悪いのはおれだ、おれは盲人《めくら》で馬鹿《ばか》だった」

しばしば彼は夜半に起きて、暗い庭の内を歩きまわったり、腰掛に倚《よ》って、なにを思うともなくじっと動かずに、ながい時間を過したりした。

雨のない暑い夏が過ぎていった。

ある日の午後。大助の部屋を覗《のぞ》くと、勝江といっしょに午睡《ひるね》をしていた。勝江は上半身を大助のほうへ向け、下半身を仰向《あおむ》けにしていた。裾《すそ》が乱れて、水色のふたのの絡《から》まった太腿《ふともも》が、あらわに見えた。逞《たくま》しいくらい成熟した、こりこりと張切った豊かな腿であった、けれども膚《はだ》の色は驚くほど黒かった。

高雄はすぐに眼をそらしてそこを去った。いま見たものは少しも彼を唆《そそ》らなかったが、その印象は新しい苦痛を与えた。いくらか野蛮な勝江の太腿は、まったく違うおいちの軀の記憶をよびさました。

――おいちの肌はもっと美しかった。

白くてなめらかで、しっとりと軟らかで、そして吸いつくような弾力があった。しかし彼はそれを眼で見たことはなかった、感じとして記憶には残っているが……おいちは自分の妻であった、いつも自分の側にいた。いつでもその声を聞くことができたし、その姿は手の届くところにあった。

――そうだ、おいちはそのように自分の近くにいたんだ、この手はおいちを抱き、この肌はおいちの肌に触れたんだ。

だがはたして本当に彼女を抱き、本当に肌と肌を触れたろうか。……そうではなかった。自分はおいちを本当には見もせず、抱きもせず、肌を触れもしなかった。風が林を吹きぬけるとき、樹々《きぎ》の幹や枝葉の表をかすめるように、ただ彼女の表面をかすめたに過ぎない。

「そうだ、おれはおいちという者を知らない、四年もいっしょに夫婦でいて、おれはおいちを少しも知ってはいないのだ」

高雄はその日は夕餉《ゆうげ》を摂《と》らなかった。

ある日、勝江が大助のいないときに云った。

「ふしぎでございますわね、大さん少しもお母さまのことを仰しゃいませんわ。お母さまはどこってききますといやな顔をなさいますの、そしてほかのことに話をそらしてしまうんですの、……親に早く別れる子は親を慕《した》わないと申しますけれど、もしやお母さまの御病気がお悪いのじゃございませんかしら」

悪意のないことは云うまでもない。結婚に失敗してもさして苦にしない、さばさばと割切った性質なので、感じたままを云ったのではあろうが、高雄には胸を刺されるほど痛い言葉だった。彼は叫びたい衝動をかろうじて抑え、そこを立ちながら哀願するように云った。

「どうか母親のことは云わないでください、できるなら母親を忘れるようにしてやってください、……ことによると、死別してしまうかもしれないのですから、どうかお願いします」

高雄はなるべく大助を見ないようにした。おいちが去った日から、大助はぷつっと母の名を口にしなくなった。それは知っていたけれども、まだ頑是《がんぜ》ない年のことでもあるし、まわりに人が多いので気がまぎれているのだろうと思った。母を恋い慕われるよりいいので、かくべつ気にとめてはいなかった。それだけよけいに勝江の言葉にまいったのである、……母のことをきかれると話をそらすとか、いやな顔をするという。それは母の去った理由を感づいているのではないか、療養にいったのではなく、もう帰ってこないということを本能的に気づいているのではないか。

——親に早く別れる子は親を慕わない。

彼も耳にした言葉ではあるが、現実に自分の子に当てて考えたことはなかった。しかし勝江の眼にはそれがわかったのだ、意識的であるか本能的であるか、ともかく大助がそんな幼い年で、母のことに触れるのを避けようとするのはもう母には会えないと知っているために違いない。そう思うと高雄には大助を見ることができなかった、大助が独りで遊んでいる姿など眼につくと、胸がきりきりと鳴るようで、思わず顔をそむけずにはいられなかった。そしていつも勝江に向って、

「大助をみてやってください、ほかの事はなにも構わないでいいのです、大助の世話だけしてくれればいいのですから、どうかなるべくあれの側を離れないでください」

少し諄《くど》いほどこう繰り返し頼んだ。本当はそんなに云《い》う必要はなかったであろう、勝江はいつも大助に付ききりだった。おいちはしなかったが夜は抱いて寝るらしい、大助を背に乗せて馬のまねをするとか、庭で砂いたずらとか、鬼ごっこや隠れんぼをするとか、自分が子供のように面白がって、さきだちになって遊ぶ。しばしば蘆谷川や亀丘《かめおか》山などへも伴《つ》れてゆくようすで、

「だいたんも、大きくなったや、およげゆね」

などと高雄のところへ突然やってきて云うことがあった。彼が登城するとき、玄関へ送って出ると、

「たあたま、ごちゅびよよちゅう」

と云う、春の頃はごちびよよよだった。御首尾よろしゅう。この家中の定《きま》った挨《あい》拶《さつ》であるが、舌が少しずつまわりはじめたのだろう。勝江と脇《わき》玄関で話すのを聞いても、

「あのちばめ、おばたんちばめだね」

などとかなりはっきり云うようになった。

「あれだいたんのよ、だいたんのちばめね、こよぶの、こよぶのよ」

「あら、燕《つばめ》がころぶの、大さん」

「うん、こよぶの、ほんとよ、こよんで頭いたいいたいって、ここぶっちゅけて」

ある日こんな問答も聞えた。

「大さん、あれが燕のお母さまよ」

不用意に云ったものだろう。ふっと声が絶えた。それから大助が怒ったように云った。

「ちばめ、かあかん、ないよ」

秋にかかるじぶん、高雄はしきりに家康《いえやす》の言葉をそっと呟《つぶや》くことが多くなった。

――人の一生は重荷を負うて遠き道をゆくが如《ごと》し、いそぐべからず。

少年時代に鵜呑《うの》みに覚えたのだが、いま口にしてみると、深い慰めを感じることができた。森三之助も、おいちも、重い苦しい荷を背負っている、小さい大助でさえ、すでに心の中で重荷を負っているのだ。

「――いそぐべからず……」

彼は夜半の雨の音を聞きながら、じっと眼をつむって呟くのであった。

「――みんなが重い荷を負っている。境遇や性格によって差はあるが、人間はみなそれぞれなにかしら重荷を負っている、……生きてゆくということはそういうものなんだ、そして道は遠い……」

互いに援《たす》けあい力を貸しあってゆかなければならない、互いの劬りと助力で、少しでも荷を軽くしあって苦しみや悲しみを分けあってゆかなければならない。自分の荷を軽くすることは、それだけ他人の荷を重くすることになるだろう。道は遠く、生きることは苦しい、自分だけの苦しみや悲しみに溺《おぼ》れていてはならない。高雄はこう思うようになり、おいちを失った苦痛から、ごく徐々にではあるが、少しずつ立直ってゆけるように思えた。

九月になってまもなく、吉良節太郎から夕食に招かれた。

にわかに秋めいた風の渡る宵《よい》で、吉良の庭はもう自慢の白萩《しらはぎ》もさかりが過ぎ、芒《すすき》の穂がいっせいに立っていた。高雄のほかに宮田《みやた》慎吾《しんご》という相客があり、みなれない娘が吉良の妻女といっしょに給仕をした。宮田は吉良の役所の同僚だそうで、みなれない娘はその妹であり、名を雪乃《ゆきの》、年は二十になると紹介された。

——この娘をみせるために呼んだのだな。

高雄はすぐにそう察した。雪乃は五尺二寸ほどあるゆったりした軀《からだ》つきで、立ち居のおちついた、口のききかたなどものんびりした娘であった。吉良の妻女にすすめられると、すなおに盃《さかずき》も受け、吉良や兄が話しかけると、羞《はに》かんだりしないで、ごく自然におっとりと受け答えをした。

「そろそろお手並を聞かしてもらおうじゃないか」

少し酒がまわったとき吉良がそう云い、妻女が召使いの者と琴を運んできた。

「雪乃さんは琴では教授の腕があるんだよ」

吉良が高雄にこう云った。すると雪乃はほのぼのとした笑い顔で、

「教授にもいろいろございますわね」と吉良の妻女に向って云った、「——わたくしのは、こう弾《ひ》いてはいけませんという教授、……父も兄も酒が醒《さ》めると申しますわ」

「そのとおりなんですよ、聴いてみればわかります」

宮田慎吾が高雄にそう云った。

「家では酔醒《よいざま》しと折紙が付いているんです」

高雄は黙って苦笑していた。

彼にはまだ縁談などを受ける気は少しもなかった。それで娘の気持を傷つけないように、つとめてその座の空気から自分をそらすようにしていた。……雪乃の弾いたのは「老松《おいまつ》」という古曲で、きわめて優雅なものであった。

## 七

彼女の琴が終るのとほとんど同時に、高雄の自宅から使いがあった。いそぎの用事らしいので、中座の詫《わ》びをして帰ってみると、大助が急病で医師が来ていた。大助は夕方から激しい発熱で、ひきつけたようになり、嘔吐《おうと》と下痢が続いた。

「九分まで助からぬものと思ってください」

医師はそう云って、その夜は朝まで付いていてくれた。明くる日になっても大助は昏睡《こんすい》状態で、吐く物のなくなった嘔吐の発作と、水のような下痢が止らず、高雄の眼にも望みはないようにみえた。

一睡もしなかったが、役所にやむを得ない仕事があったので、早く登城して、午前中で帰ってみると、猿ケ谷から松助が戻っていた。例月より少し早いが、用事があったので来たということであった。……彼は大助が絶望だと知ったのだろう、蒼《あお》い顔で、眼を泣き腫《は》らしていた。そして高雄の昼食が済むと、声をひそめて、

「奥さまを御看病に呼んであげてくださいまし」

こう云った。高雄は驚いて彼を見た。充血した松助の眼は、思い詰めたようなけんめいな色を湛《たた》えていた。高雄は首を振った。

「――いけない、二度と云うな」

そしてすぐに病間のほうへ立った。

大助はびっくりするほど肉がこけ、皮膚は死んだような色になり、薄眼をあけて、小さく喘《あえ》ぎながら、絶えず頭をぐらぐらと左右に揺すっていた。勝江もゆうべから眠っていないので、自分が代るからと云って寝にゆかせ、彼は一人で子供の枕元《まくらもと》に坐《すわ》った。

「ちばめよ、たあたま……ちばめのおちよ」

大助は昨夜からしきりに同じうわ言を云った。

「痛い痛いって、だいたんの、ちばめ、ね、こよんで痛いって、ほんとよ、……ね

え、たあたま、ちばめ、どこへもいかない、ね、……ちばめ、いっちゃ、いや、だいたんのちばめ、いっちゃいやよ、……いやよ」

高雄は歯をくいしばった。

——重荷を負うて、遠き道を……。

彼は眼をつむって、大助死ぬな、と心のなかで叫んだ。生きてくれ、生きてくれ、闘うんだ、死ぬな、石に齧《かじ》りついても生きるんだ。苦しいだろうが頑張れ、……哀願するように、こう呼びかけていると、うしろで耐えかねたように噎《むせ》びあげる声がした。

「お願いでございます、旦那《だんな》さま、爺《じい》が一生のお願いでございます」

松助の声であった。高雄はそちらへ背を向けたままで、囁《ささや》くような声で云った。

「おまえが聞いていたら、わかるだろう、……大助は、うわ言にも、母の名を呼ばない、あれが出ていった日から、いちども母のことは口にしないのだ、……大助は、この小さな、幼い心で、母を忘れようとしてきたのだ、……このままがいい、……ここであれを呼ぶことは、大助をも含めて、四人がもういちど苦しむことになる」

「そこを押してお願い申すのでございます、一生のお願いでございます」松助は叩頭《こうとう》しながら云った、

「――そしてこれは、奥さまを呼び戻して頂くことは、いつかは爺からお願い申さなければならないことでございます」

高雄は静かに振返った。松助の云う意味がちょっとわからなかったのである。

「――あれを呼び戻すって」

「初めにお供を仰《おお》せつかったとき、爺がなんと申上げたかお忘れではございますまい、……召使いの身で、不貞の加担はできませぬなどと申しました、なにも知らず、愚か者のいちずな気持から、ただもう前後もなく、申上げたのでございます」

「――なにも知らないとは、どういうことだ」

「まるで違うのです、奥さまには不貞などはございません、爺は二百余日もお付き申していて、この眼でずっと見てまいりました、奥さまには決して不貞などはないのでございます」

「――松助、なにを云いだすのだ」

「お聞きくださいまし旦那さま、私の申すことをどうぞお聞きくださいまし」

松助は訥々《とつとつ》とした口ぶりで話しだした。片手で自分の膝《ひざ》を掴《つか》み、片手で涙を拭《ふ》きながら、……高雄は聞きたくなかった、叱《しか》りつけようとさえしたが、松助がのっけに森三之助が重態であって、余命いくばくもないと云いだすのを聞くと、つい知らず話にひきいれられた。

　森三之助は数年まえから肺を病《や》んでいた。自分でも気づかなかったが、あの夜、高雄に闇討《やみうち》をしかけて、顚倒《てんとう》したとき、ふいに喀血《かっけつ》したという。高雄が去ってから四半《しはん》刻《とき》も動くことができず、這《は》うようにして宿所へ帰った。……猿ケ谷へはおいちに七日ほどおくれていったが、着くとすぐにまた喀血し、そのまま寝たきりになったそうである。

　おいちは三之助とはずっと離れた部屋で寝起きをした。三之助の部屋にいるときは、必ず障子《しょうじ》をあけておいた。宿帳にはもちろん偽名であるが兄妹と書いて、それが宿の者に少しも疑われずにきた。……紀平とはっきり縁が切れるまではそれが当然だろう、松助はそう思っていた。そのまえにもしふたしなみなようすでもあったら、容《よう》赦《しゃ》なく面罵《めんば》してやるつもりでさえいた。しかし二人の態度はいつまでも変らず、松助の眼にもすがすがしくみえるようになった。彼らはほとんど話をしなかった、同じ部屋にいるときでも、おいちは縫い物をしたり薬を煎《せん》じたりし、三之助は黙ってしんと寝ていた。ときどき短い話を交わすと、いつもお互いの小さい頃の思い出であった。

「そしてつい先夜のことですが、森さまは奥さまがお部屋へ去られてから、私をお呼びになって、泣きながらこのようにお話なさいました」

松助は呻《うめ》くような声で云った。三之助は自分とおいちとの関係を語ったのである、それは高雄がおいちから聞いたのと同じもので、彼は自分が庶子であることもうちあけた。……江戸へ養子にゆくことに定《きま》り、ゆくまえにひと眼だけ逢《あ》いたいと思い、逢うと一度では済まず、二度三度と重なるうちに、こんどは離れることができなくなったいきさつ、それも隠さずに語った。

——高雄の計《はか》らいで猿ケ谷へ来て、おいちと二人になったとき、自分はすぐに気がついた、自分の気持は恋ではなかった、母のように、姉のように慕っていたのである、愛情というものを知らなかった自分に、おいちが初めて、この世でたった一人、愛情を示してくれた、……生れて初めて、愛情のあまやかさを知り、寛《ひろ》やかな心の喜びを知った、そうしていかなる犠牲をはらっても、おいちを奪い取りたいと思ったのである、だがいざ望みどおり二人だけになったとき、自分にはおいちの手に触れることもできなかった。

三之助はこう云ったということだ。

「おいちどのは自分には母親であり姉である、おいちどのの気持も恋ではない、母が子を、姉が弟を、劬《いたわ》り庇《かば》う愛情にすぎない、……ここへ来てから二百幾十日、おいちどののゆき届いた介抱を受けて、自分は初めて人間らしい、やすらかな、心あたたまる日を過した、初めて生れてきた甲斐《かい》があったと思った。……森さまはこう云ってお泣きなされました。医者も云うとおり、自分はせいぜい今年いっぱいの寿命だろう、おいちどのは潔白だ、あのひとは昔から自分の哀れさに同情していた、無法な懇願を拒むことができなかったほど深く、親身に同情していてくれたのだ、不貞な気持などは塵《ちり》ほどもなかった、あのひとの潔白は神仏を証《あかし》に立ててもよい、……あのひとを頼む、自分が死んだら紀平家へ戻れるようにしてくれ、あのひとを不幸にしないように、……このとおりだ、……森さまは枕の上に顔を伏せて、泣きながら、この爺に頭を下げて、お頼みなされたのでござります」

高雄はすなおに感動して聞いた。三之助の執着は闇討をかけるほど激しいものであった、それがいざ許されてみると恋ではなかったという。彼の態度が異常といってもいいくらいだっただけに、それが恋でなくて、母や姉に対する愛情であったという告白は、高雄をすなおに感動させ、いささかの疑念もなくうけいれていいと思った。

「爺は口がへたでござります、思うようには申上げられません、けれども奥さまのお気性は旦那さまがよく御存じでございましょう、……爺もこの眼で、奥さまの御潔白は拝見してまいりました、旦那さま」松助はぐしょぐしょに濡《ぬ》れた顔でこちらを見あげた、「――坊さまに万一のことがあっては取り返しがつきません、一日でも一夜でもようございます、どうぞ奥さまをお呼び戻しくださりませ、どうぞ奥さまに看病させてあげてくださりませ、一生のお願いでございます」

高雄はしばらく黙っていたが、やがて低い声で、しかしきっぱりと答えた。

「おれたちは苦しんだ、おれも、おいちも、森も、……お互いに苦しんだ、その苦しみをむだにしないようにと思って、ああいう方法をとってみた、……それはまだ終ってはいない、二人の潔白は信じるが、その事にはっきり区切がつくまでは、おいちの戻ることは許せない」

　そうしてさらに低く、呟くように云った。

「そのときが来たら、おれが迎えにゆこう、もし助かったら大助を伴《つ》れて、……猿ケ谷へ帰っても、これの病気のことは決して云うな、固く申しつけたぞ」

　四五日して吉良が来た。はたして雪乃を貰《もら》わないかという話であったが、高雄ははっきり断わった。そのときは大助も危うく峠を越して、これなら命はとりとめるだろうと医師も云い、高雄はようやく息をついたところだった。

「坊やがそんな病気になるのも母親がいないためだ、どうしたって頼んだ者ではだめなんだ」吉良はたいそう乗り気らしくこう云った、「——子供のためにも貰うべきだよ、宮田では約束だけでもいいと云ってるんだ」

「――おいちが戻るかもしれないんだ」高雄はそう答えた。

「――湯治は病気によかったらしい。詳しいことはいずれ話すが、……たぶん戻ることになると思う、そういうわけだから」

吉良はむっと口を噤《つぐ》み、睨《にら》むようにこちらの顔を見て、そしてその話にはもう触れずに去った。

それから七八日たったある朝。大助がなにかひどくむずかっているので、高雄は登城の支度を手早くしていってみた。勝江がけんめいになだめているが、彼はべそをかいて、足をばたばたさせてなにかせがんでいた。

「燕《つばめ》を見るんだと仰《おっ》しゃってきかないんですの、まだ起きたりなすってはいけませんのに」

「よしよし、そのくらいならいいだろう」

元気な暴れようを見て、高雄は唆《そそ》られるような気持になり、夜具をはねて大助に手を伸ばした。

「玄関ぐらいならね、さあ抱っこして、おおこれは重くなった、大さんまた重くなったぞ」

「だいたん重たい、はは、重たいねえ」

勝江が背中を薄夜着でくるんだ。

「重たい重たい、きいきがよくなったから重たい重たい、さあいって燕にお早うをしよう、燕もねえ、大さんお早うって云うよ、お早うって」

「燕はもういませんですよ」うしろから勝江がそう云った、「――二三日まえからいなくなりましたの、もう南へ帰ったのでございますわ」

高雄ははっとした。燕は去ったという、うわ言にまで云っていた大助の燕が。

「どうったの、たあたま、ちばめどうったの」

「――うん燕はね」

当惑しながら、高雄は脇《わき》玄関へ出ていった。差懸けの梁《はり》に巣はあるが、そこはひっそりとして、見ただけでも棲《す》む主のいなくなったことがわかる。大助はべそをかいて、燕がいないと泣き声をあげ、父親の腕の中で身もだえをした。

「燕はねえ大助、よくお聞き、燕は寒くなると暖かいお国へ帰るんだよ、あっちの遠いお国へね」高雄は子の頰へ頰を寄せながら云った。

「――そして春になって、こっちが暖《あたた》かくなると、また大さんのお家《うち》へ帰ってくる、大さんが四つになると、燕はちゃんと帰ってくるんだよ」

「——ちばめ、またくゆの、また」

「ああちゃんと帰ってくるよ」

高雄の胸に熱い湯のようなものが溢《あふ》れてきた、彼はほとんど涙ぐみながら、大助に向って囁《ささや》くように云った。

「暖かくなればね、燕も帰ってくるし、大さんの母さんも帰ってくる、……もう少しのがまんだよ、冬を越して、春になれば、……大さんが偉かったからね」

# あだこ

一

曾我十兵衛《そがじゅうべえ》はいきなり小林半三郎を殴りつけた。

そのとき半三郎は酒を飲んでいて、十兵衛が玄関で案内を乞《こ》う声を聞いた。誰《だれ》もいないのだから出てゆく者はない。十兵衛は高い声で三度呼び、それから玄関の脇《わき》の折戸をあけて、庭へはいって来たのだ。

——津軽《つがる》から帰ったんだな。

半三郎はそう思いながら、あぐらをかいたまま飲んでいた。庭へはいって来た十兵衛は、縁先に立ってこちらを睨《にら》んだ。長い旅のあとで、肉付きのいい角張った顔が逞《たくま》しく日にやけており、その大きな眼《め》には怒りがあらわれていた。

「やあ」と半三郎が声をかけた、「帰って来たのか」

すると十兵衛は沓脱《くつぬぎ》から縁側へあがり、刀を右手に持って座敷へはいって来た。大《おお》股《また》に近よって来る足つきで、彼が察したよりもひどく怒っていることを、半三郎は認めた。十兵衛は膳《ぜん》の前に立って、上から半三郎を見おろした。

「こんなざまか」と十兵衛が云《い》った、「こんなざまだったのか」

そして刀を左手に持ち替えると、右手をあげて半三郎を殴った。平手打ちであるが、高い音がし、半三郎の顔がぐらっと揺れた。

「そんなことをしてなんになる」と半三郎は持っている盃《さかずき》を庇《かば》いながら云った、「酒がこぼれるばかりだぜ」

十兵衛の荒い息が聞えた。かなり強い平手打ちだったが、半三郎は少しも痛いとは感じなかった。十兵衛の荒い呼吸はそのまま怒りの大きさを示すようであったが、これまた半三郎には少しの感動をも与えなかった。

十兵衛は坐《すわ》って刀を置いた。半三郎は盃を呷《あお》って、さしだしたが、十兵衛は眼もくれずに云った。

「どうする気だ」

半三郎は答えなかった。

「おれは昨日帰った、秋田と三枝《さえぐさ》と安部《あべ》が来て、三人で夕飯を喰《た》べた」と十兵衛は云った、「そのときすっかり聞いたが、おれはすぐには信じられなかった」

「おれの気持は話してある筈《はず》だ」

「それは二年まえのことだ、二年まえ、あのことがあったときに聞いたんだ」と十兵衛は云い返した、「去年おれが国目付《くにめつけ》を命ぜられて津軽《つがる》へ立つまえ、二人だけで話した、もういい、このへんできまりをつけてくれ、これ以上はみぐるしいぞとおれは云った、そのとき小林はおれもそう思うと云った、おれもそう思うと云ったことを覚えているぞ」

「いまでも同じだ」と半三郎は高い空を風が渡るような声で云った、「自分がみぐるしくないなんて思ったことはいちどもないよ」

彼はそう答えたのだ。やけでも、自嘲《じちょう》でもなく、自分の気持を正直に述《の》べたのである。

十兵衛は小林の家柄《いえがら》を考えろと云った。それも当然出てくる言葉なのだ、小林の家は祖父の代までは百石《こく》あまりの小普請《こぶしん》にすぎなかった。それを父の半兵衛の代で、二百二十石余の書院番にまで仕上げた。父は酒も煙草《たばこ》ものまず、勤勉と倹約で一生を押しとおした。九年まえに母が病死したとき、父はまだ四十二歳だったから、後添《のちぞえ》の縁談がずいぶんあった。しかし父は首を振った。

——半三郎がもう十七歳で、四、五年すれば嫁をとらなければならない。いま自分が後添を貰《もら》えば、家の中が複雑にもなるし家計の上からもそれだけのゆとりはない。父の半兵衛はそう云った。そして、それから一年ほど経《た》って金森《かなもり》のみすずと半三郎との、婚約をまとめたのだ。金森主膳《しゅぜん》は八百石の書院番、すなわち父の上役であり、みすずはそのとき十三歳であった。この縁組は小林家の将来を固めるものであり、そこまで小林の家格を仕上げたのは、勤勉と倹約で一生を押しとおした父のたまものであった。十兵衛はそのことを云ったのだ。

曾我十兵衛は二百五十石の使番《つかいばん》で、去年の六月、国目付として津軽へ赴任した。国目付というのは幕府から外様《とざま》諸侯の国許《くにもと》へ派遣される監察官で、定員は二名または三名、任期は半年から一年の交代である。十兵衛は出立《しゅったつ》するまえに訪ねて来て、一刻《いっとき》あまりも半三郎に意見をし、自分が帰って来るときまでにしっかり立ち直ってくれ、と云っていった。ところが、帰ってみると立ち直るどころか、事情はさらに悪くなっていた。半三郎は出仕もせず、酒を飲んだり遊び歩いたりするばかりで、家計は窮迫し、家扶《かふ》も家士《かし》も、下男小者も出ていってしまった。借財は嵩《かさ》むだけ嵩み、いままでは友人たちも匙《さじ》を投げてしまった。十兵衛はそれを聞いたのだ、共通の友達である秋田源右衛門《げんえもん》、三枝小市郎、安部右京らから聞いて、かっとなって押しかけて来たのだ。

「お父上のここまで仕上げた御苦労が、このままでは水の泡《あわ》になってしまうぞ」と十兵衛はひらき直った、「あんなことがそれほど重大なのか」

「父は三年まえに死んでいるよ」

「そんなことは聞くまでもない」

「父は小林の家名をあげようと望み、その望みを達して死んだ、ほぼ望みを達し、将来のみとおしもつけて、満足して死んだんだ、——たとえおれが小林の家を潰《つぶ》すとしても、それは死んだ父とは関係のないことだ」

「それほどあのことが重大なのか」

半三郎は残り少ない酒を手酌《てじやく》で飲んだ。脇に一升徳利《どくり》が二つあり、膳の上とそのまわりに、燗《かん》徳利が五本並んでいた。骨になった魚の皿《さら》、甘煮《うまに》の鉢《はち》、空《から》になった汁椀《しるわん》や八寸など、飲みちらし、喰べちらしたあとが、いかにもさむざむとした感じにみえる。半三郎は手酌で飲み、十兵衛はそれを睨みつけていた。

「それは人によるね」と半三郎がゆっくりと云った、「他《ほか》の千万人にとっては些細《ささい》なことでも、或《あ》る一人にとっては一生を左右するような場合がある」

「たかが女一人のことでもか」

「人にちょっとからかわれてもだ」と半三郎は低い声で云った。「藤井又五郎はちょっとからかわれただけで沼田内記を斬《き》り、切腹のうえ家名断絶になった。ばかなやつだ、あのときおれたちは彼をばかなやつだと云った。しかしおれはいま、そうは思わない、あれは藤井にとってそれだけの価《あたい》があったんだ、藤井にとってはね」

「この場合もそう思えと云うのか」

半三郎はゆっくりと首を振った、「おれに肚《はら》を立てたり、殴ったりするのはよせということさ、一杯つきあわないか」

十兵衛は黙って立ちあがった。

二

半三郎は寝ころんでいた。

「十一月か」と彼は呟《つぶや》いた、「あれから百五十日も経《た》ったんだな、うん、あのときは饒舌《しゃべ》りすぎた、まだ洒落《しゃれ》っけがあったんだ、どうして十兵衛に云うだけ云わせておかなかったのかな、云っても云わなくても同じことじゃないか、ばかな話だ」

彼はくすっと笑った。すると胃のあたりで病的な空腹感が起こり、耐えがたいほどの渇《かわ》きにおそわれた。

「怒ったっけな、十兵衛は」彼は飢や渇きをごまかすように呟いた。「あいつのあんな眼つきは初めて見た、殴りかたも本気だった、――しかも彼は彼で悔むことはないさ、ここへ乗込んで来て、するだけの意見はしたんだから、そうさ、友達の責任ははたしたんだ、いいじゃないか、もうまもなくけりはつく、そう長いことじゃないよ」

半三郎は薄い夜着を掛け、古畳の上にじかに寝ころんで、枕《まくら》をしていた。

庭に面したその十帖《じょう》は荒れはてていた。畳替えもしないし、障子《しょうじ》や襖《ふすま》の張替えもしない。もちろん、掃除などは一年ちかくもやらないうえに、使った物、出した物がそのまま放《ほう》りだしてある。――座敷の中は黴臭《かびくさ》く、埃臭《ほこりくさ》く、おまけに物の饐《す》えたような匂《にお》いが充満しているため、十一月だというのに、庭に面した障子はあけておくよりしかたがなかった。庭はかなり広い。もとは小さな池があり、小さな築山《つきやま》があり、若木の杉林《すぎばやし》や植込があった。みんな父が自分で丹精したものなのだが、いまはまったく手入れをしないから見られたものではない。杉林はいうまでもなく、植込はみな勝手なほうへ枝を伸ばしているし、池は干あがって塵芥《ちりあくた》が溜《た》まっているし、築山は去年の霜と雪で一部が崩れ、皮の剝《は》げた傷痕《きずあと》のように赭土《あかつち》の肌《はだ》が見えていた。芝生だったところは雑草に蔽《おお》われてしまい、その雑草は二尺にも三尺にも伸びたまま、いちめんに茶色に枯れていた。

「八重葎《やえむぐら》か」と半三郎はけだるそうに呟いた、「――葎の門というところだな」

彼は静かに眼をほそめた。

いちめんに庭を蔽っている、その高い枯草が動き、その蔭《かげ》でなにかが動いているようである。彼はなんの気もなく、ぼんやりとそれを眺《なが》めていたのだが、その動いていたものがひょいと立ちあがり、こっちを見ておじぎをしたのであった。半三郎はほそめた眼で、まだぼんやりと眺めていた。

「あんまり草ぼうぼうですからね」とそのものは云った、「見るだけでもかっちくちいですから、いまちょっと抜いているところなんです」

声は女であった。半三郎は相手が女だと気づいて、寝ころんだまま眼の焦点を合わせた。

黒っぽい木綿《もめん》の布子《ぬのこ》に、色の褪《さ》めた帯をしめている。背丈はあまり高くない。髪はひっ詰めに結《ゆ》っており、顔は栗《くり》の皮のように黒い。ひどく色の黒い女だな、と半三郎は思った。いま田舎《いなか》から出て来たという感じで、しかし声はきれいだったし、その黒い顔はこちらに向って、隔《へだ》てのない微笑を見せていた。

「おまえ誰《だれ》だ」と半三郎が訊《き》いた。

相手には聞えなかったらしい。それとも聞えたが答えたくなかったものか、もっとはっきり頬笑《ほほえ》んで、枯草のほうへ手を振った。

「二日もあればきれいになります」と彼女は云った、「このくらいなもの、わがやればなんでもごいへおん」

そしてまた枯草を抜きはじめた。

どこから来たなに者だ、どうするつもりだ。半三郎はそう訊きたかったが、面倒でもあり気力もなかったので、また眼をつむってしまった。たしかに、彼はなにもかも面倒であり、起きあがる気力もなかったのだ。記憶が慥《たし》かなら、彼はもう六日も食事をしていない。ときどき水を飲むだけで、夜も昼もなく寝ころんでいた。

——餓死をした死躰《したい》は、きれいだろうか、それとも醜悪だろうか。

半三郎はそんなことを考えていた。皮と骨だけになるのだから、たぶん醜悪ということはないだろう。幾日ぐらいかかるのかな、とも彼は考えた。十日か、半月か、おそらく三十日とはかかるまい。三十日は長すぎる、そうはかかるまい。そんなことを思い返しているうちに、半三郎は眠ってしまった。そしてその見知らぬ女に起こされたのだ。

「もしもし、旦那《だんな》さま」と呼ぶ声がした、「もう午《ひる》ですから御膳《ごぜん》の支度《したく》をしましょう」

半三郎は夢をみていた。喰《た》べ物の夢をみていて、その夢の中から、力ずくで引き出されるように、ゆっくりと眼をさました。するとすぐそこに、あの見知らぬ女が膝《ひざ》をついて、黒い笑顔でこちらを見ていた。

「午の御膳にしましょう」と彼女は云った。少女のようにうぶな、きれいな声であった。「お米やなにかはどこにあるんですか」

半三郎は舌で唇《くちびる》を舐《な》め、それからいちど声を出してみたあとで、おもむろに云った、「そんな物はないよ」

「お米はないんですか」

半三郎は頷《うなず》いた。

「では」彼女が訊いた、「どこかから仕出しでも取るんですか」

半三郎は首を左右に振った。見知らぬ女の黒い顔に、びっくりしたような表情がうかび、へえ、という大きな太息《といき》がもれた。

「いまお台所を見て来たんですよ」と彼女は云った、「お釜《かま》も鍋《なべ》も錆《さ》びてるしお櫃《ひつ》は乾《かわ》いてはしゃいでるし、埃《ほこり》だらけでごみだらけで、空き屋敷みたようでした、御家来もお端下《はした》もいないんですか」

半三郎は頷いた。

「じゃあ、まんま、——御飯はどうなさるんですか、仕出し屋から取るんでなければ、わが、あたしがお米やなにか買って来て、御膳の支度をしますけれど」

「いらない」と半三郎が云《い》った、「なにもいらない、放っといてくれ」

そして彼は眼をつむり、ふと気がついて、いったいおまえは誰だと訊こうとしたが、そこにはもう女はいなかった。彼は頭をあげて座敷の中を眺《なが》めまわし、女がどこにもいないのを認めると、寝返りをうって眼をつむった。こんどは夢もみずに眠りこんだが、やがてまた女の声で呼び起こされた。

「起きて下さい旦那さま」と彼女は耳のそばで云った、「まんま、——御膳ができましたから起きて下さい、旦那さま」

半三郎は眼をあけた、「なんだ、おまえまだいたのか」

「御膳ができました」と云って、彼女は微笑した。黒い顔の中で、きれいな白い歯が見えた、「塩引と菜っ葉の汁《しる》だけですけれど、どうか起きてめしあがって下さい」

炊《た》きたての飯のあまいかおりと、魚を焼いた脂《あぶら》っこい匂いとが、彼をひっ摑《つか》み、抵抗しがたい力で彼を絞めあげた。彼はめまいにおそわれたような気持で、なにを考える暇もなく起きあがった。

三

半三郎は一杯喰《た》べただけで、茶碗《ちゃわん》と箸《はし》を置いた。六日も絶食したあとだから、いまはこれでやめるほうがいいと思ったのだ。

「もっとめしあがったらいいがすべおん」と女が云った、「お口に合わないんですか」

「いや、うまかった」と彼は云った、「あとはまた晩にしよう、ここを片づけたらおまえ食事にするがいい」

だが半三郎は急に眼をあげて、不審そうに相手を見た、「――へんなことを訊くが、いったいこの米や魚はどうしたんだ」

「はい」と彼女はにこやかに答えた、「お米は米屋さんで借り、魚は魚銀さんで借り、醤油《しょうゆ》や味噌《みそ》や砂糖や塩や酒は、伊賀屋《いがや》さんで借りました。八百久《やおきゅう》さんからも野菜物をいろいろ借りましたから、晩の御膳には煮物に香の物もさしあげます」

半三郎は黙っていて、それからおそるおそる訊いた、「それは本当か」

「はい」と彼女はこっくりをした。

「信じられない」と彼は云った、「どの店も借が溜まっていて、もう半年以上まえからよりつかなかったんだ」

「そでしてすと」と彼女はにこにこしながら云った。「どこでもそんなことを云っていました、ずいぶんたくさん貸が溜まったままだって、米屋の主人は赤くなって、怒っていました」
半三郎はさぐるように訊いた、「それで、――どうやって借りたんだ」
「わだば云ったです」彼女はちょっと眼を伏《ふ》せた、「あたしそう云ったんです、小林さまのお屋敷へこんど来たあだこですって、――わだば、あたしこのお屋敷で、使って頂くつもりでしたから」
「おまえが、どうするって」
「お願い申します」あだこと名のる女は手をついておじぎをした、「あたしほかにゆくところがないんです、どんなことでもしますからどうぞこのお屋敷に置いてやって下さい」
「だめだ」と彼は云った、「給銀をやれないばかりでなく喰べさせることさえできない、自分ひとりでさえ食えなくなって、六日も水ばかり飲んでいたんだ」
「お給銀なんぞ一文もいりません、喰べる物はあたしが都合します」とあだこは眼をあげて云った、「わだば今日はじめてだから、ちっとしか借りませんでした、それでも旦那さまとあたしだけなら五十日や六十日はやってゆけます」
「五十日、だって」
「はい」とあだこはこっくりをした、「米は精《しら》げたのが一斗、ほかに俵で一俵借りました。醬油も一と樽《たる》、塩は五升、味噌も冬だから味は変らないと思って、これも一と樽、お酒はわからないので一升だけにしましたが、めしあがるんでしたらまた借ります、魚銀からは塩引の鮭《さけ》を二尾と干物《ひもの》を十枚、干物は風に当てれば十日は大丈夫だって云いました、それから八百久では青物のほかに漬菜《つけな》と沢庵《たくあん》を一と樽ずつに」

半三郎は手をあげて遮《さえぎ》った、「ちょっと待て、ちょっと待ってくれ、その、おまえ本当にそれだけ借りて来たのか」

「はい」とあだこは頷いた。

「米屋や伊賀屋などが、本当にそれだけ貸したのか」

「はい」とあだこが答えた、「旦那さまがよこねまり、――寝ていらっしゃるうちに、みんな運んで来てくれました、わだば、いえあたしそのあいだにお釜や鍋の錆をおとしたり、お台所を掃除したりしていたんです」

半三郎は庭のほうを見、それからあだこを見て、また庭のほうへ眼をやった。

「あたし、置いて頂けないでしょうか」とあだこが云った、「俵の米はあたしが搗《つ》きます、物置に米搗き臼《うす》がありますから米を搗くくらいなんでもありません、縫い張りでも洗濯《せんたく》でも掃除でも、なんでもやりますから」

半三郎は暫《しばら》く黙っていて、それからようやく云った、「それほどいたいというのならいてもいいが、おれはなんにもしてやれないぞ」

「置いて下さいますか」

「長くは続かないぞ」

「わいおもれじゃ」とあだこはにこにこと云った、「まあ嬉《うれ》しい、これでやっと安心しました、いっしょけんめ働きますから、どうぞお頼み申します」

半三郎は眼をそむけて云った、「いって食事にするがいい」

彼は坐《すわ》ったまま、長いこと庭のほうを眺めていた。塀《へい》の向うは松平《まつだいら》相模守《さがみのかみ》の中屋敷で、大きな榎《えのき》が五本並んでおり、その裸になった枝に雀《すずめ》が群れていて、ときどきぱっと飛び立ってはまたべつの枝にとまり、すると散り残った枯葉が舞い落ちるのであった。

「そうだ」とやがて彼は呟いた、「十兵衛のしごとだ、曾我十兵衛がよこしたにちがいない、そうでなくってこんなことがある筈《はず》はない」

彼の唇《くちびる》に歪《ゆが》んだ微笑がうかんだ。

「そのくらいのことだと思ってるんだな」と彼は挑《いど》むように云った、「まあやってみろ、いいだろう、辛抱くらべだ」

あだこはよく働いた。

五日もすると家の中はきれいになり、風呂《ふろ》もはいれるようになった。半三郎の世話もよくする、毎日きちんと月代《さかやき》を剃《そ》ってやり、髪を結《ゆ》い、髭《ひげ》を剃らせる。風呂も毎日たてていれるし、手爪先《てつまさき》のことまで面倒をみる。寝ころんでいると起こして、軀《からだ》に毒だから少しそとを歩いて来い、などとも云った。——彼女はこれらのことを手ばしこく、また極めてしぜんにやった。半三郎の世話をするにも、決して押しつけがましいところはなく、いやだと云えばむりにすすめるようなことはなかった。食い物の味はまちまちで、からすぎたり甘すぎたりするが、二十日ほど経《た》つうちには馴《な》れたのか、それとも半三郎の好みがわかったのか、そういうむらも感じられなくなった。

あだこは針も上手であった。よごれたまま押込んで置いた彼の衣類を出して、次つぎに解いて洗い張りをし、巧みに仕立て直した。単衣《ひとえ》を袷《あわせ》にしたり、袷を羽折《はおり》にしたり、脆《もろ》くなったところはうまく継《つ》いだりはいだりした。半三郎が退屈しているなとみると、そういう繕《つくろ》い物《もの》などを持ってそばへ来て、針を動かしながら話をする。彼は無関心に聞いているが、言葉の妙な訛《なま》りと、話の可笑《おか》しさについふきだすようなこともあった。

「あだこは妙な言葉を使うな」と或《あ》るとき彼が云った、「そのそうだべおん、というのはどういう意味だ」

「まあ恥ずかしい」あだこは両手で顔を隠し、だが、すぐにしゃんとして答えた、「それは、そうでしょうということでございます」

「ほかにもいろいろ云うようだが、どこの言葉なんだ」

「はい」とあだこは答えた、「津軽です」

半三郎は静かに眼をそむけた。

# 四

思ったとおりだ、と半三郎は心の中で云った。十兵衛は津軽へ国目付にいって来た、そのとき伴《つ》れて来たものだろう、そしてここへ入りこませたのだ。——米屋も酒屋も十兵衛が払った、あだこが十兵衛から金を預かって来て、それで支払っているに相違ない。

半三郎はそう推察した。さもなければ、あれだけ借が溜《た》まっているのに、商人たちが貸す道理がないだろう。これでわかった、底は見えたぞと彼は思った。十兵衛がどれだけねばるかみてやろう、というふうな、皮肉な考えにとらわれながら、あだこに対してはふしぎに反感もおこらず、困らせてやろうなどという気にならなかった。

十二月中旬の或る夜——、あだこは彼のそばに坐って、縫い物をしながら話していた。そこは半三郎の居間の六帖《じょう》で、彼は机に肱《ひじ》をつき、ときどき火桶《ひおけ》に手をかざしながら、彼女の話すのを聞いていた。昏《く》れがたから降りだした雨が、さっきまで静かに庇《ひさし》を打っていた。その音がいつかしら聞えなくなり、戸外《そと》はしんとしずまりかえっていた。

「そのお庭の奥に鼬《いたち》の夫婦が棲《す》んでいたんです」とあだこは続けていた、「もう三十年の余も棲んでいて、夫婦だけでずっとくらしていたんですって」

「どこの庭だって」と彼が訊いた。

「唐内坂《からないざか》の御殿ですわ」

「からない坂、——」と彼はあだこを見た、「聞かない名だがどこにあるんだ」

「まあ、聞いていらっしゃらなかったんですね」とあだこはにらんだ、「津軽の弘前《ひろさき》です。弘前の殿さまのお別荘が唐内坂にあるんですわ、口では云えないほど景色のいいところで、唐の国にもないだろうというので、からない坂って名を付けたのですって」

「わかった」と彼は頷《うなず》いた、「しかしその別殿の庭でなくっても、鼬ならこの江戸にもいるよ」

「夫婦の鼬がですか」
「それはわからないが、仔《こ》を生むんだから夫婦もいるんだろう」
「でもその鼬は三十年の余も、夫婦で仲よくくらしていたんです」
「ふん」彼は火桶へ手をかざした、「そんなことがどうしてわかるんだ」
「それはおどさまが、父がずっと見ていたからです」とあだこは針を留《と》めて云った、
「子供のじぶんから見ていて、三十年の余も経って、そうすると、夫婦ともすっかりとしよりになってしまったんですって」
「鼬もとしよりになるんだな」
「そでしてす」あだこは続けた、「すっかりとしよりになったもんで、男の鼬は頭が禿《は》げてしまうし、女の鼬は髪が白髪《しらが》になってしまったんですって」
半三郎はあだこを見た、「あだこの父親はその御殿にいたのか」
「はい」と彼女は答えた、「じいさまの代からお庭番をしていました」
「すると、侍だったのか」
「だあ、いいえお侍ではなく、植木の世話をしていたんです」
半三郎はそこで急に眼をあげた、「いまおまえは、鼬がとしよりになったからどうしたとか云ったな」

「また聞いていらっしゃらなかった」

「としよりになってどうしたんだ」

「ですからさ」とあだこが云った、「男の鼬は頭が禿げてしまうし、女の鼬は白髪になってしまったんですよ」

「なるほど」と彼は云った。

半三郎はじっと坐っていて、立ちあがり、寝間へはいるとうしろ手に襖《ふすま》を閉めた。あだこは、おやすみになるのですか、と訊《き》いた。返辞はなくて、へんな笑い声が聞えて来た。くうくうといったふうな、鶏が雛《ひな》を呼ぶような声だったが、しだいに高くなり、笑っているのだとわかったときには、喉《のど》からほとばしり出るような声になっていた。あだこは吃驚《びっくり》して立ってゆき、どうしたのかと、声をかけて襖をあけた。半三郎はのべてある夜具の上にあぐらをかき、腹を押えて笑っていた。

「どうなすったんですか」とあだこは気をわるくしたように云った、「あたしがなにかへんな言葉でも使ったんですか」

「あっちへいってくれ」と彼は笑いながら手を振った、「なんでもない、心配はない、あっちへいってそこを閉めてくれ」

あだこは云われるとおりにした。寝間が静かになったので、あだこが縫い物をとりあげると、こんどは寝間からいきなり、声いっぱいに笑いだすのが聞えた。

「禿げ頭の鼬」と笑いながら叫ぶのが聞えた、「女鼬《うめ》は白髪、——ああ」

そして笑い続けに笑い、しまいには苦しそうに呻きながら笑った。

「おかしな旦那《だんな》さまだ」とあだこは針を動かしながら呟き、それからそっと微笑した、「でも初めて笑う声を聞いた、むずかしい顔ばかりしていらしったが、あんなふうに笑うようになればしめたものだ」

これで少しは変るかもしれない。あだこはそう期待したらしいが、半三郎のようすには変化がなかった。毎朝、あだこは彼を呼び起こし、洗面をさせる。食事のあとで月代を剃り、髪を結い直し、着替えをさせる。午前ちゅうか午後か、日に一度は歩きに出してやる。夕方になると風呂をたてて入れ、背中をながしてやり、晩飯のときには彼が望めば酒をつける。飲むにしても燗徳利《かんどくり》に二本がせいぜいで、あだこにはそれが不審であった。

「どうしてもっとめしあがらないんですか」と訊いたことがあった、「伊賀屋さんの話では、毎日ずいぶんめしあがったように聞きましたけれど」

半三郎はあいまいに首を振った、「あんまり好きじゃあないんだ」

返辞はそれだけであった。

こうして同じような日が経ってゆき、その年が暮れた。正月に安部右京から使いがあり、友達が集まるから来るように、という口上だったが、半三郎は使いの者にも会わず、あだこに断わらせた。それは五日のことであったが、午《ひる》すぎから雪になり半三郎は十帖の座敷の障子をあけて、雪を眺めながら、あだこの酌《しゃく》で珍しくゆっくり飲んだ。

「どうしてお友達のところへいらっしゃらないんですか」あだこが彼の顔色をみて云った、「せっかくお迎えがあったのですし、お独《ひと》りでめしあがってもうまくはございませんでしょう」

半三郎は庭を見たままで云った、「あれは十兵衛のさしがねだ、——曾我十兵衛、あだこは知っているだろう」

「わたくしがですか」

「隠すことはない、土堤《どて》三番町の曾我十兵衛だ、知っているんだろう」

「そういう方は存じません」とあだこが云った、声は低く、少しふるえているようであった、「でも、知っていることもあります」

「なにを知っている」

「金森さまのことです」

「十兵衛に聞いたんだ」

「そういう方は存じません」とあだこは云《い》った、その声は湿って、もっとふるえを帯びてきた、「わたくし伊賀屋の御主人に聞いたんです、お名まえは存じませんが、金森のお嬢さまは五年の余も許婚《いいなずけ》でいたのに、旦那さまを措《お》いてよその人と逃げてしまった、そのために旦那さまがこんなになってしまったのですって」

「その話はやめろ」

「いちどだけ云わせて下さい」とあだこは云った、「あたしくやしいんです、そのふしだらなお嬢さんは好きな人と夫婦になって、いまでも立派にやっていらっしゃるというのに、旦那さまのほうはこんなになっていらっしゃる、このままでは一生がめちゃめちゃになってしまいます、旦那さまをこんなめにあわせたのに、そのお嬢さまのほうは仕合せでいる、などということがあっていいものでしょうか」

半三郎はまだ庭を見たままで云った、「あだこはその娘が、不幸であればいいと思うのか」

「あたしただくやしいだけです」

「みすずが仕合せでいるのはいいことなんだ」と彼は穏《おだ》やかな声で云った、「おれとの婚約は親同志できめたことだ、みすずにはあとで好きな相手ができ、尋常な手段では望みが遂《と》げられないとみて、その相手と出奔《しゅっぽん》した、これはふしだらな気持だけでできることではない、金森は八百石の旗本だ、家の名聞、親の怒り、世間の評、これらをすべて賭《か》けなければならない、みすずはその全部を賭けたのだ、これは勇気のいることなんだ」

あだこは手で顔を掩《おお》った。

「金森さんはここへ来て、事実を話し、両手をついて詫《わ》びた」と彼はゆっくり続けた、「自分はあれが可愛《かわい》い、と金森さんはうちあけて云った、本来なら成敗するところだが自分にはできない、ならぬところであろうが堪忍《かんにん》してもらいたい、その代りいかなる償《つぐな》いでもしよう、と云った」

# 五

うしろであだこの啜《すす》り泣くような声がし、半三郎は庭の雪を見ていた。

「おれにどうすることができる」と彼は囁《ささや》くように云った、「金森老のゆき届いた正直な詫びに対して、怒ることができるか、なにか云うことでもあるか、――おれは丁《てい》寧《ねい》に礼を返してその斟酌《しんしゃく》には及ばない、忘れて下すってよろしいと答えただけだ」

酒を注《つ》ごうとしたが、酒はもう無くなっていた。半三郎は空になった銚子《ちょうし》を出して、「つけて来てくれ」と云った。あだこは受取って立ってゆき、まもなく戻《もど》って来た。半三郎は手まねで、酌《しゃく》は自分でするという意味を示し、あだこは火桶の脇《わき》へさがって坐った。

「おれは少年のころ、こういう経験をした」と彼は手酌で一つ飲んでから云った、「――九つか十くらいのときだったろう、場所は半蔵門《はんぞうもん》の堀端《ほりばた》で、おれは一人だった、前後のことは記憶にないが、おれは一人で堀端にいた、季節は夏の終りごろだったと思う、風が吹いていて、おれは風が向うから吹いて来て、そして吹き去ってゆくのを感じていた、そのうちにふと、いま自分に触れていった風には、二度と触れることはできない、ということを考えた、どんな方法をもちいても、いちど自分を吹き去っていった風にはもう二度と触れることはできない――そう思ったとき、おれは胸を押しつぶされるような息苦しさ、自分だけが深い井戸の底にいるような、まっ暗な怖《おそ》ろしさに圧倒された」

半三郎は静かに一つ飲んだ、「おれはみすずが好きだった、逢《あ》うおりは年に幾たびと限られたようなものだし、二人だけで話したことなどは数えるほどしかなかった、それでもおれはみすずが好きで、いつか妻に迎えることができると信じ、心からそれをたのしみにしていた」

無感動な口ぶりで話し続けながら、半三郎は頭の中で、みすずと自分のあいだにあったことを思い返していた。それはみすずの部屋で、ただいちどだけあったことだ。みすずは着ている物をすっかりぬぎ、素裸になって、自分のからだを彼にみせた。彼はばかのように茫然《ぼうぜん》としていた。彼女が着物をぬぎはじめたときから、なにをするのか見当もつかず、彼女がすっかり裸になったときも、どういう意味なのかわからずに茫然としていた。彼女はまだ十五歳とちょっとで、いつもは子供っぽい少女としか思えなかったのであるが、素裸になったからだはおどろくほど女らしく、殆《ほと》んど成熟しているようにみえた。みすずは頭部が小さく、手足もしなやかに細く、胴もほっそりとくびれていた。しかし胸のふくらみの豊かさと、腰部《ようぶ》から太腿《ふともも》へかけての肉付きは、そこだけがべつの存在であるかのように、たくましい厚みとまるみと、そうして重たそうな緊張をみせていた。

――あたしきれいじゃなくって、

みすずは彼の顔色をうかがいながらそう云った。きれいだ、と彼は答えた。いやらしい気持や、不徳義な感情は少しもなかった。

そんな気持を感ずる余地もないほど、彼は圧倒されおどろいていたのだ。

――あなたのために大事にして来たのよ、よく見てちょうだい、あなたのためにきれいにし、大事にして来たのよ。

彼女は大胆に自分のからだをみせた。前に向き、うしろに向き、横を向き、そしてさまざまな、奔放《ほんぽう》な姿勢をつくってみせた。そうだ、彼はよく覚えている、みすずはそうしながら、絶えず彼の顔色をうかがっていた。彼の顔にあらわれる反応をさぐろうとするように、また、その期待のために自分で昂奮《こうふん》しながら。そうだ、それから彼女は近よって来て、両手をひろげながらあまえた声で云ったのだ。

――抱いてちょうだい。

彼はなにもしなかった、できなかったのだ。圧倒され眩惑《げんわく》されていただけでなく、そういう場合にどうすべきかということを知らなかったからだ。みすずは彼よりもはるかに能動的であった。次に起こることを充分にたのしもうとするような、きらきらした眼でみつめながら、自分の欲することをさせようとして彼をみちびいた。もちろんたいしたことではない、少しばかり早熟な、少女らしい好奇心にかられただけのことであろうが、そこでも彼はばかのように狼狽《ろうばい》し、ぶきようにしりごみをするばかりだった。

みすずは彼を放し、彼からはなれて、訝《いぶか》しそうな、さぐるような眼つきで彼を見まもった。それから、ぬぎすてた物を順にゆっくりと着ていった。

それだけのことなのだ。みすずは十五歳とちょっとで、自分のからだの美しさを、許婚である彼に誇りたかったのであろう。ほんの僅《わず》かだけ、昂奮にかられて好奇心を起こした。それ以上の意味はなかったに相違ないが、半三郎にとっては異常な出来事であり、心の深部に、ぬぐい去ることのできない、強烈な印象を与えられた。

「おれはあの娘が好きだったから」と彼は話し続けていた、「あの娘が仕合せであることはうれしい、これは本心だ、しかしそれと同時に、あの娘が自分から去ってしまったこと、この世では決して、自分の妻にすることができないと思うと、——ちょうど少年のころ、堀端で夏の終りの風に吹かれていたときのように、この胸がつぶれるような、なにもかもむなしいという感じにおそわれてしまう」

「なにもかもむなしい」と彼はあざけるように云った、「おそらくおれは、十四くらいの泣き虫の女の子か、六十くらいのぐちっぽい老いぼれのようにみえるだろう、だがどうしようもない、この世にあることはすべてがむなしいと思うこの気持は、自分でもどうすることもできないんだ」

あだこは涙を拭《ふ》いた。すると黒い顔が斑《まだら》になり、眼のまわりに白い輪のようなものがあらわれた。あだこは自分の手を見て、指が汚れているのに気づくと、吃驚《びっくり》したように立ちあがり顔をそむけながら奥へ去った。

半三郎はそんなことには気づかず、盃《さかずき》を持ったまま、降りしきる雪を眺めていた。

それから五、六日して、あだこはお針を習いにゆきたい、と云いだした。縫い物は上手じゃあないか、と半三郎が云うと、自分のは田舎流だから、江戸ふうの仕立てかたが習いたいのだ、と云った。半三郎はあだこの顔を見て、なにか云いそうにしたが、思い直したように頷《うなず》いて、好きなようにしろと云った。

——おまえを雇っているのは曾我だ。

半三郎はそう云おうとしたのだ。

——おれは主人ではない、給銀も十兵衛が出しているのだろう、十兵衛に訊《き》くがいい。

だが彼は口ではなにも云わなかった。

あだこはお針の稽古《けいこ》にかよいだした。朝の食事を済ませるとでかけてゆき、午飯を作りに帰って、また夕食のまえまで稽古にゆく。家事のほうも手を抜くようなことはないし、夜は夜で十二時ころまで縫い物をした。はじめのうち半三郎は無関心だったが、彼女の熱心さにだんだんと注意をひかれ、或《あ》る夜ふと訊いてみた。

「ずいぶん精をだすじゃないか」

「お針はどんなにうまくなってもこれでいいということはないんですって」とあだこは答えた、「それにわだば、――わたくしこんなに不縹緻《ぶきりよう》ですから、せめてお針ぐらい上手にならなければ、お嫁に貰《もら》ってもらえませんわ」

六

半三郎はあだこをまじまじと見た。

「嫁にゆくときは津軽へ帰るのか」

「いいえ、津軽へは帰りません」

「田舎はいやなんだな」

「津軽はいいところですわ、山も野も川もきれいで、あんなにきれいなところはどこにもありませんわ」とあだこは針を動かしながら云った、「でもわたくしには、帰るうちがないんですの」

半三郎は少しまをおいて訊いた。「両親やきょうだいはいないのか」

「おります」とあだこは低い声で答えた、「父も母もいますし、弟が二人あります、けれどもいまの父が継《まま》で、あたしがいてはうちがまるくいかないんです」

「それで、江戸へ出て来たのか」

「弟たちは男だから心配ありません、上が十七、下も十五になりますから」とあだこは云った、「それに弟たちはなんでもないんです、うちがうまくいかないのはあたしだけのことなんです」

半三郎はさりげなく訊いた、「継の父と気が合わなかったんだな」

「そう云えばいちばん無事なんです」

あだこの手が動かなくなった。半三郎が見ると、あだこの唇《くちびる》がふるえ、眼にいっぱい涙が溜《た》まっていた。

「あたしも云ってしまいます」とあだこは衝動的に云った、「叔父は、継の父は、亡《な》くなった父のおんちゃ、父の弟で、母より年が七つも下でした、叔父は温和《おとな》しい、いい人ですし、あたしも弟たちも好きでした、お庭番の仕事もよくできるし、本当に静かないい人だったんですけれど、母は七つも年上ですし、勝ち気な性分だもんですから」

あだこの眼から涙がこぼれ、声があわれにふるえた。激しい感情、たとえば憎悪《ぞうお》と悲嘆といったようなものが、心の中でせめぎあい、どちらをも抑制することができない、というふうに半三郎には受取れた。

「いいえ、これ以上は云えません」とあだこは首を振った、「あたしがうちにいてはいけなかったんです、あたしがいなければ母はおちつけるし、きっとうちの中もうまくいっていると思います」

年が七つも下の良人《おっと》を持った母、同じ家にいる年頃《としごろ》の娘。そして娘は家出をしなければならなかった。半三郎にはおよそ事情がわかるように思えた。その母は親であるよりも、もっと多く女であったのだろう。そして娘もまた女としての敏感さで、そのことに気づいたのだ。

「えらいな」と彼は云った、「よく思いきって出た、あだこはえらいよ」

あだこは泣き笑いをしながら、両手の指で眼を拭いた。そのとき半三郎の表情が急に変り、口をなかばあけて、訝しそうにあだこの顔をみつめた。

「実の親子でいてもこんなことがあるのかと、情けなくって、あたしずいぶん悲しゅうございました」と彼女は眼を拭きながら云った、「でもいまはもう悲しくはありません、もうすっかりあずましごすてす」

「ちょっと」と彼が云った、「おまえ眼のまわりをどうしたんだ、眼のまわりが」

あだこはひゃあといった、妙な声をあげて両手で顔を掩《おお》い、「ごっぺかえした」と云いながら、慌《あわ》てて奥へ逃げていった。半三郎にはわけがわからず、ごっぺかえしたとはどういうことだ、と考えた。あ゛だこの眼のまわりが黒く斑《まだら》になっていたが鍋《なべ》でもひっくり返して、鍋墨でも付いたのか、などと考えていた。

二月になり、その月も終りかかった或る日、台所で人の呼ぶ声がした。あ゛だこはお針の稽古にゆき、半三郎は居間で寝ころんでいた。

「米を持って来たが旦那《だんな》は留守かね」と台所でどなるのが聞えた、「旦那はいらっしゃらねえのかね」

半三郎は寝ころんだままどなり返した、「おれに用でもあるのか」

「米屋の市兵衛です、ちょっとおめにかかりてえんですが」

「あ゛だこはいない」と彼はどなった、「米はそこへ置いてってくれ」

「旦那に話があるんです、済まねえがちょっとここまで来ておくんなさい」と市兵衛が喚《わめ》き返した、「それとも私のほうでそっちへ伺いましょうか」

無礼なことを云うやつだ、と半三郎は思った。市兵衛は米屋の主人で、これまでに幾たびか会ったことがある。むろん父の死後で、彼が札差《ふださし》から金を借りつくしたあとの出入りであるし、市兵衛の店にも相当な借が溜まっているわけだが、仮にもこっちは旗本、相手は商人にすぎない。そんな無礼な口をきいていい筈《はず》はないので、彼は返辞をしなかった。すると台所で物音がし、やがてこっちへ来る人の足音がした。半三郎は寝ころんだままじっとしており、足音は襖《ふすま》の向うで停《とま》った。

「失礼します、旦那はこちらですか」

半三郎は黙っていた。静かに襖をあける音がし、半三郎はじっとしていた。すると襖がしまり、襖の向うから声が聞えた。市兵衛はこっちへははいらなかったのだ。襖をあけ、半三郎の寝ころんだ姿を見て、すぐに襖をしめたのである。

「面と向っちゃあ云えなくなりそうだ、ここで云いますからそのままで聞いておくんなさい」と市兵衛が云った、「伊賀屋や八百久はながいお出入りだそうだが、私は御《ご》贔屓《ひいき》になって幾年にもならねえ、だからはっきり云いますが、今日持って来た米が最後で、これからは御免を蒙《こうむ》りますからそう思って下さい」

「そんなことはあだこに云え」

「旦那に云いたいから私が来たんだ」と市兵衛の突っかかるような声が聞えた、「旦那は歴《れっき》とした旗本でいらっしゃる、男でお侍で旗本で、拝見したところ軀《からだ》もお達者なようだ、きざな云いようだが、いわば四民の上に立つ御身分でいて、寝ころんだまま弱いあきんどの物を飲みつぶし食いつぶし、おまけに下女に賃仕事までさせておいでなさる」

「待て」と彼は遮《さえぎ》った、「きさまは唯《ただ》で持って来るように云うが、代銀は曾我が払っている筈だ、おれは知っているぞ」

「曾我さんですって」

「土堤《どて》三番町の曾我十兵衛だ」と寝ころんだまま彼は云った、「あだこ、あだこをよこしたのも曾我だし、曾我が代銀を払うからこそきさまたちも米味噌《みそ》を持って来るんだ、そうでなくって、それまで帳面を止めていたきさまたちが、急にまた物を持ちこむわけがあるか」

市兵衛は沈黙した。半三郎はざまをみろと思いながら、ゆっくりと寝返りをうった。

「持って来たくなければよせ」と彼は作り欠伸《あくび》をした、「今日の米も持って帰れ、それで文句はないだろう」

襖の向うはひっそりしていた。半三郎は肱枕《ひじまくら》の首をあげた。襖の向うには人のけはいもない、帰ったのかと思っていると、やがて洟《はな》をかむ音が聞え、ついで咳《せき》をするのが聞えた。

「米は持って来ます」とかすれた声で市兵衛が云った。

「なに、二人くらいの米代は高が知れてます、米は持って来ますが、思い違いがあるといけねえから、いや、旦那が思い違いをしているようだから、これまでのゆくたてをざっと申上げておきましょう」

## 七

半三郎は居間の机に片肱をつき、火の消えた火桶《ひおけ》へ片手をかけたまま、ときどき口の中でなにか呟《つぶや》いたり、意味もなく首をかしげたり、また急に頭を振ったりした。——市兵衛が去ってから二刻《ふたとき》以上になるだろう、窓の障子にさしている陽《ひ》もうすづき、傾いていた。

市兵衛の話は彼をおどろかした。

かれらは曾我十兵衛とは関係なしに、あだこのために貸す気になったのだという。初めの日、あだこが米屋へいって、まず店のまわりの掃除をした。空き俵を集め、それを丹念にはたいて、残り米をきれいにおとした、俵十二枚から二合以上の米が出たという。それから俵をきちんと重ね、縄は縄、桟俵《さんだわら》は桟俵とわけて纏《まと》め、藁屑《わらくず》を掃き集め、そして地面にこぼれている米を拾った。そういう米粒だけで五合もあり、それを市兵衛に渡してから初めて、小林だが米を貸してくれ、と云《い》いだしたのだそうである。

市兵衛は彼女のすることを見ていて、それが単純なきげんとりではなく、なにかのっぴきならぬ理由があるのだと思い、わけを訊いてみた。そこであだこは話したのだ。半三郎が聞いた話と同じ内容であるが、――なお、これまで五たび奉公をしたこと。五たびともいやなめにあってとびだしたこと。そのため請《う》け人宿《にんやど》の世話になれないことなどを語り、こんどは武家であるし、貧乏で小者も下男もいないが、旦那は悪い人ではないらしいし、この屋敷なら勤まると思う。もうほかにゆくところもなし、自分が働いても必ず代銀は払うから、どうか米を貸してもらいたい、とあだこは云った。津軽の訛《なま》りが、彼女の誠実さをいっそう際立《きわだ》てるようで、市兵衛はこころよく承知したのだと云った。

あだこは伊賀屋でも、魚銀でも同じようにした。店のまわりを片づけ、空き樽《だる》の中で薦《こも》を剝《は》ぐものは剝ぎ、縄や薦はそれぞれに集め、物置の中をきれいにし、空き樽を積み直し、塩の叺《かます》をふるったり、徳利を洗ったりした。魚銀でもそのとおりだったが、捨てるつもりでどけておいた魚の尾頭や臓物などの、臭くて汚ないような物の中から、あら煮として売れるような部分をよりわけて、皿《さら》に盛ってみせたそうで、主人の銀太はおどろいたということである。

あだこは決して誠実を売ったのではない、すべては自分が小林の家にいたいためであり、そのために労をいとわなかっただけであった。彼女は小林の家にいついてからも、三軒の店へ代る代るまわって、初めの日と同じように掃除をし、片づけ物をした。動作がきびきびしているし、人の気づかないところに気がつき、しかも手を抜くということがなかった。——半三郎はまったく知らなかったが、——あだこは十二月いっぱい、休みなしにそれを続けたということだ。そうして正月になり、七草が過ぎてから、お針の稽古を始めるから掃除にまわれなくなった、と断わりに来た。市兵衛たちはまえからそのつもりで、もう掃除などに来なくともいいと、たびたび云っていたのだそうで、それはそのほうがよかろうと承知した。

市兵衛はそこで話の調子を変えたのだ。あだこはお針の稽古にゆくのではなく、市ケ谷田町の大きな仕立屋へ、針子としてかよっているのだという。針子として手間賃を稼《かせ》ぎ、家でも賃縫いをしている。そして稼いだものを米屋、魚銀、伊賀屋へ少しずつではあるが返銀として入れているというのだ。

——旦那はその賃縫いを見ている、毎晩十二時《九ツ》ころまで縫い物をしているのを、旦那は自分の眼で見ている筈だ、と市兵衛は云った。針子のほうも不審だと思うならいってみるがいい、田町の火消し屋敷のすぐ脇《わき》で、大きな仕立屋だからすぐにわかる、いって訊いてみるがいい、と市兵衛は云ったのだ。

市兵衛は伊賀屋と魚銀とで話しあった。このままではおいそさんが可哀《かわい》そうだ、いっそ貸すのはやめにして、おいそさんのことは三人で引受けよう。そう相談がきまったので、市兵衛が代表で話に来た。しかし旦那の云うことを聞くと、曾我とかいう人がうしろにいる、代銀はその人から出ている、と思いこんでいるようだ。本当にそう思いこんでいたのなら話も違ってくる、自分は考え直した。自分はこれからも米を持って来ようし、伊賀屋にも魚銀にもわけを話す。おそらくどっちも反対はしないだろう、これまでどおりに品を持って来ることになるだろう。

——だがそれは旦那のためではない、と市兵衛ははっきり云った。決して旦那のためではない、おいそさんに持って来るのだから、そこをよく覚えておいて下さい。

襖の向うから、市兵衛はそれだけのことを云い、云い終るとすぐに去っていった。半三郎はじっと横になったまま、市兵衛の去ってゆくもの音を聞いていたが、やがて起きあがると、立って洗面にゆき、戻って来るなり机に凭《もた》れて、考えこんだのであった。

## 八

あだこが帰ったとき、半三郎はいなかった。彼女は風呂《ふろ》を焚《た》きつけ、夕餉《ゆうげ》の支度をした。小さい声で、津軽訛りの唄《うた》を無心にうたいながら、風呂の焚き口をみたり、いそいで煮物のかげんをみに走ったりした。――食事の支度が殆《ほと》んどできたとき、半三郎が帰って来た。変ったようすもなく、風呂にはいり、食事をした。あだこは手まめにあと片づけをし、風呂にはいり、それから、いつものとおり縫い物をひろげた。

そこは半三郎の居間であるが、火をべつに使うのはむだだからといって、初めからあだこはそこへ縫い物を持って来た。いま考えると、自分もこころぼそかったし、彼の退屈をまぎらしてやるつもりもあったのだろう。その夜も針を動かしはじめると、やわらかな声で、国のことを話しだした。半三郎は机の前に坐《すわ》り、片手で火桶のふちを撫《な》でながら、半刻ばかり黙って聞いていたが、話のきれめで、静かに眼をあげながら云った。

「さっき曾我のところへいって来た」

あだこの針を持つ手が動かなくなった。

「曾我十兵衛、あだこは知っている筈だ」

あだこの頭が少しずつさがった。

「これまでは知らないと云っていたが、あだこは知っている、そうだろう」

「はい」とあだこは口の中で答えた。

「正直に話してごらん」と彼は云った、「十兵衛とはどんなかかわりがあるんだ」

彼女は囁《ささや》くような声で答えた、「わだば、あたしは、わたくしが、このお屋敷のあだこになってからです」

「名まえも本当はあだこじゃないだろう」

「名はいそです」と彼女は云った、「あだこというのは国の言葉で、子守りとか下女のことをいうんです」

半三郎はちょっと黙ってから云った、「――ではあだこと呼んでは悪かったんだな」

「よごす、いいえ、悪くなんかありません」彼女はかぶりを振った、「これからもあだこって呼んで下すって結構です」

「十兵衛のことを聞こう」

「十二月のはじめころでした、旦那さまが歩きにいらしったあとで、曾我さまが訪ねてみえ、縁先でいろいろお話をうかがいました、どうしても座敷へあがって下さらないので、縁先でお話をうかがったのです」

「そのとき金森のことを聞いたんだな」

「はい」とあだこは低く頷《うなず》いた、「伊賀屋から聞いたと云いましたが、本当はそのとき曾我さまからうかがったのです、わたくしも自分のことをすっかり申上げ、曾我さまはお金を置いてゆこうとなさいました」

「おまえは受取らなかったそうだ」

「お金は役に立たないと思ったからです」

半三郎は訝《いぶか》しそうにあだこを見た、「どうして金が役に立たない」

「あればあるで遣ってしまうし、遣いぐせが残るだけですから」とあだこは云った、「旦那さまが勤める気になって下さらない限り、お金は却《かえ》って邪魔だと思いました」

「おれは勤めることにした、今日、十兵衛に頼んできたんだ、進物番《しんもつばん》に空いている席があるそうで、四、五日うちには出仕できるようになると思う」

あだこは吃驚《びっくり》したように顔をあげた、「わたくしがなにかよけいなことでもしたのでしょうか」

「そんな心配はするな」と彼は首を振った、「それよりもあだこが、どうやって江戸へ来、どうして、おれの家へはいったのか、その話を聞かせてもらおう」

「縫い物をしながらでもいいでしょうか、あたしなにかしながらでないと、うまく話ができないんです」

彼は頷いた。あだこは再び針を動かしながら、ゆっくりと話しだした。

家を出るまでのことはもう話した。なんの当てもなく、頼るさきもなかったが、幸い木を買いに来て仙台《せんだい》へ帰る商人に会いその老人に伴《つ》れられて仙台まで出た。老人はあだこが江戸へゆきたいと聞いて、知人の海産物商にひきあわせてくれ、そこの船で石巻《いしのまき》から江戸へ出、その海産物商の江戸橋に近い店で奉公することになった。しかし九十日ほどいたが、店の若い者たちがいやらしくからかうし、手代の一人は寝間へ忍んで来たりするので、支配人の妻女に告げて暇をもらった。そのとき、妻女の口ききで請け人宿の世話になり、一年ばかりのあいだに四カ所も奉公をしたが、どこも長くはいられなかった。三軒は商店、一軒は料理茶屋であったが、どこでも店の若い者にいやなことをされる。一軒では主人が、それも五十幾つかになり、孫のある人が、力ずくでいうことをきかせようとした。それでそこをとびだしたので、請け人宿の世話になれなくなったが、武家ならばそんなみだらなこともないだろうし、わけをよく話せば、請け宿がなくとも使ってくれるかもしれない。そう思って、この麴町《こうじまち》一帯を歩きまわった。

その日は平河天神の社殿の床下で寝た。その夜はこころぼそさのあまりよく眠れず、こんなふうに歩きまわっても、雇ってくれる家はみつかるまい。いっそ請け人宿へ戻って詫《わ》び、もういちど、宿の世話になろうか、などと思ったりした。

「でもそこが、あたしの運のいいところだったんですね、次の朝になって、念のためにもういちどと思ってまわっているうちに、このお屋敷にゆきあうことができたんです」

「どうして——」と彼が訊《き》いた、「どうしてこの家に見当をつけたんだ」

「——聞いたんです」とあだこは云いにくそうに答えた、「あたしの前を、どこかの小僧さんが、もう一人の小さい小僧さんを伴れて歩いていました、御用聞きにゆくお屋敷を教えていたのでしょう、それがこのお屋敷の前へ来ると、ここはだめだって教えてるんです」

「ずいぶんいいことを云ったろうな」

「いろいろなことを聞きました、そして奉公人が誰《だれ》もいない、御主人が一人きりだというので、ここよりほかにはないときめてしまったんです」

半三郎は黙って頷いた。やさしく、まじめな顔で頷き、静かにあだこを見た。

「これで全部です」とあだこは云った。

半三郎は彼女を見まもっていて、それから微笑しながら云った、「顔を洗っておいで、また眼のまわりが斑《まだら》になってる」

あだこはひゃあと声をあげ、両手で顔を掩《おお》った。

「男除《おとこよ》けだな」と彼は含み笑いをした、「なにを塗っていたんだ」
「釜戸《かまど》の煤《すす》です」
「おれも信用できなかったのか」
「そんなことはありません」とあだこは力をこめて云った、「三度めの料理茶屋で思いついてから癖になって、こうしないと気が安まらなくなってしまったんです」
「だがもういいだろう、洗っておいで」
「はい」とあだこは立ちかけたが、そこで気遣わしそうに彼を見た、「あのう、もし気が向かないのなら、むりにお勤めなさらなくっても、あたしがなんとかやってゆきますから」
「もういい」と彼は微笑しながら手を振った、「顔を洗っておいで」

## 九

役に戻《もど》れたのは十兵衛の奔走のためだ。彼の本家である曾我伊予守正順《そがいよのかみまさのり》は、六千五百石の書院番頭であったし、金森主膳の口添えもあったらしいが、三月にはいるとまもなく、書院番にあがり、そこから進物番へ出仕することになった。

だが出仕するまでに、十兵衛はじめ、秋田、安部、三枝たちの助力を得なければならなかった。登城のための衣類のこと、上役や先任の同役に対する進物のこと、また、家扶《かふ》はともかく供をする小者二人は必要なことなど、かなりな金額のすべてを四人の友達にまかなってもらうほかに、しようがなかったのだ。——四人はこころよくやってくれた。半三郎が立ち直るためなら安いものだ、などと云い、初出仕の日には、夕方から小林へ来て、祝いの酒宴をひらいてくれた。

酒も肴《さかな》も自分たちの持ちよりで、盃《さかずき》を取るとまず、みんなであだこに礼を云った。半三郎が立ち直ったのはあだこのおかげだ、というのである。あだこは恥ずかしがって逃げようとし、みんなはむりにひき止めて盃を持たせた。そのとき十兵衛は気がついたのだ。いちど会っただけであるが、釜戸の煤を塗っていないあだこの顔が、見ちがえるほどきれいになり、美しくさえなっていることに驚き、それを不審そうに半三郎に糺《ただ》した。

半三郎はわけを話したが、話しているうちにとつぜん笑いだし、笑いだすと止らなくなって、しまいには苦しさのあまり畳へ手をついて喘《あえ》いだ。

「いや、心配するな、なんでもない」と彼は俯《うつむ》向いたまま四人に云った、「釜戸の煤となんのかかわりがあるかわからないが、ひょっと夫婦鼬《めおといたち》のことを思いだしたんだ」

「なんだ、夫婦鼬とは」そう訊いたのは安部右京だった。

「その」と彼は俯向いたままで、用心ぶかく云った、「あだこの話なんだが、津軽の藩主の別墅《べっしょ》に鼬がいて、それが夫婦で三十年の余もいっしょに棲《す》んでいるんだが、う、その、どっちも年をとりすぎたので、男の鼬のほうは」

半三郎はまっ赤になり、喉《のど》を詰らせながらだめだと云った。

「だめだ、おれはだめだ」と彼は立ちながら云った、「あだこに聞いてくれ」

そして、彼はまた笑いの発作におそわれ、笑いながら自分の居間へ逃げていった。

半三郎は居間で仰向きに寝ころび、笑いのしずまるのを待ちながら、そうだ、と自分に頷いた。釜戸の煤で顔を黒く塗ったということが、女鼬《めいたち》の頭の毛が白くなった、という話を連想させたのだ。おそらくそうだろう、と思っていると、十帖《じょう》の客間から、四人の笑いだすのが聞えて来た。――初めは秋田源右衛門、次に三枝小市郎、そして安部右京も、十兵衛までも笑いだし、やむかとみるとすぐにまた笑いだした。

「おい、よせ」と三枝のどなる声がした。「もう云うな安部、殴るぞ」

そして笑い声の一つは縁側へ、一つは玄関へと別れ、はなればなれになって、片方がしずまると片方が笑いだし、こっちがしずまったとみると、次には三ところでいっしょに、笑いころげるのが聞えた。

「そうだ」と半三郎は眼をつむって、そっと自分に囁いた、「たとえおれが眼をつむり、耳を塞《ふさ》いでも、あそこで四人の笑っていることは事実だ、十兵衛がい、小市郎がい、右京がい、源右衛門がい、そしてあだこがいる、かれらは現実にそこにいるし、みんなおれのために心配し、奔走し、助力してくれた、これからも必要なときは心配し助力してくれるだろう、おい半三郎、これでもすべてがむなしいか」

彼は眼をつむったまま微笑した。

あの日、庭の枯草の茂みから、あだこがこっちへ頰笑《ほほえ》みかけた。あれが事の始まりだった、自分は亡《ほろ》びるのを待っていたし、あだこは身の置きどころに窮していた。どっちもいちばん悪い条件のときに会い、そして、あだこの生きようとする力が勝ったのだ。

「おまえが勝ったのだ、あだこ」と彼は囁き声で云った、「おれではない、もしおれが勝つとすればこれからだ」

襖がそっとあいて、あだこが覗《のぞ》いた。

「旦那《だんな》さま」とあだこは当惑したように呼びかけた、「ちょっといらしって下さい、あたしどうしていいかわかりませんわ、お客さま方はあんなことでなぜ、あんなにばか笑いをなさるのでしょうか」

「はいっておいで」と彼は起き直りながら云った、「おまえに話すことがあるんだ」

「でもお客さま方が」

「いいよ」と彼は片手を伸ばした、「あの笑いはなかなか止らない、おれも初めのときはそうだったろう」

あだこは忍び笑いをした、「お居間へ逃げていらっしゃいました」

「かれらにも笑わしておこう」と彼は片手を伸ばしたままで云った。

「ここへ来てお坐り、二人だけで話すことがあるんだ、おいで」

あだこは赤くなり、そっと襖を閉めて、眼を伏せながらすり寄った。向うではまたひと際《きわ》高く、笑い崩れる四人の苦しげな声が聞えた。

# 蜜柑《みかん》の木

助《すけ》なあこ（あにいというほどの意味）はお兼《かね》に恋をした。助なあこは大蝶丸《だいちようまる》の水夫であり、お兼は「大蝶」の缶詰工場へ貝を剝《む》きにかよう雇い女で、亭主があった。

この土地で恋といえば、沖の百万坪にある海苔漉《のりす》き小屋へいって寝ることであった。そんなてまをかける暇がなければ、裏の空地の枯れ芦《あし》の中でもいいし、夏なら根《ね》戸川《とがわ》の堤でも、妙見堂《みようけんどう》の境内《けいだい》でも、消防のポンプ小屋でも用は足りた。実際のところ、海苔漉き小屋まで寝にゆくのは、よほど二人がのぼせあがっているか、ゆきすぎた声を抑《おさ》えることのできない女との場合、——土地の人たちのあいだで、そういう癖《くせ》のある五人の女性の名が公然と話題になっていたが、——などで、かれらの意見によれば、「そんなにてま暇をかけるほど珍しいことでもあんめえじゃあ」というのが常識であった。

助なあこはそうではなかった。彼は中学生が女学生を恋するように、純粋に、初心《しよしん》に恋していた。大蝶丸で沖へ貝を積みにいっているあいだ、彼の胸はつねにお兼を想《おも》うことで痛み、その眼にはお兼の姿、——工場の古びた建物の前で、大勢の女や老婆《ろうば》たちと並んで、巧みに貝を剝いている姿が、絶えずあらわれたり消えたりするのであった。

大蝶丸の水夫は三人で、船長の荒木《あらき》さんはべつに家庭を持っていたが、エンジさんの正山さんと水夫たちは、工場の中にある小屋に住んでいた。助なあこは自分の恋を秘《ひ》し隠しにし、誰にも気《け》どられないように、最高の抑制を保ち続けていたが、或《あ》る夜半、ねごとにお兼の名を呼んだのを、隣りに寝ていた二人の水夫に聞かれて、せっかくの努力がむだになってしまった。

「ゆんべが初めてじゃねえぞ」と水夫の一人が云《い》った、「おんだらあ何遍も聞いているだ、なあ」

「おうよ」と他の水夫が云った、「名めえをはっきり云ったなあ、ゆんべが初めてだっけ。ずっとめえから何遍も好きだあ好きだってねごとう云ってたっけだ」

「お、か、ね、さん」と先の水夫が両手で自分の肩を抱きしめ、身もだえしながら作り声で云った、「おら、おめえが、好きだ、死ぬほど好きだ、よう」

助なあこは硬《こわ》ばった顔でそっぽを向き、手の甲で眼を拭《ふ》いた。彼は死んでしまいたいと思った。もしできることなら、その場で二人を半殺しのめにあわせてやりたかった。しかし彼は瘦《や》せているし、背丈も五尺とちょっとしかない。他の二人はどちらも彼より肉付きがよく、はるかに力も強かった。それは沖で貝を積むときや、工場へ戻って積みおろしをするときなどでよくわかっていた。

彼は死んでしまいたいと思った。

助なあこは固い決心をし、お兼のほうへは眼も向けず、貝を剝いている彼女の前を通るときには、まっすぐに向うを見たままいそぎ足で、殆《ほと》んど走るように通りぬけた。彼はやがて機関士になるつもりで、仕事が終ったあとは、エンジンに関する本にしがみついて、熱心に独学を続けていた。それらの本の大部分は荒木船長に借りたものであるが、中の幾冊かは、——ディーゼル・エンジンに関する本は、自分で東京の神田《かんだ》へいって買ったものであった。

彼は夜の十二時まえに寝たことはなかった。他の水夫やエンジさんは、毎晩のように飲みにでかけ、帰ってくると「一厘《いちりん》ばな」か賽《さい》ころ博奕《ばくち》で夜更《よふ》しをした。ごったくやの女たちを伴れこんで、わるふざけをしたり、博奕や女のことでとっ組みあいの喧《けん》嘩《か》をしたりした。そういう騒ぎの中で、助なあこは小屋の隅《すみ》のほうに机を移し、両手で耳を塞《ふさ》いで本を読んだり、ノートを取ったりするのであった。その十坪ほどの、細長い、箱のような小屋には、燭光《しょっこう》の弱い裸の電球が、天床《てんじょう》から一《つ》つぶらさがっているだけである。隅のほうへ届く光は極めて微弱だったが、それでも助なあこは本にしがみつき、帳面に眼を押しつけるようにしてノートを取った。

周囲の人たちにとって、この独学はばかげたことであった。そのくらいのエンジナーになるには、五六年も船に乗って、実地にエンジさんのすることを見ていれば、それだけで立派にエンジナーになれるし、現に二つの通船会社のエンジさんたちでさえ、多くはそのようにして機関士になったのである。

お兼のことでからかわれてから、助なあこはすっかり人嫌いになり、ますます独学に熱中した。ねごとの話はたちまちひろまったが、そのまますぐに忘れられた。この土地では、どこのかみさんが誰と寝た、などという話は家常茶飯《かじょうさはん》のことで、たとえばおめえのおっかあが誰それと寝たぞと云われたような場合でも、その亭主はべつに驚きもしない、おっかあだってたまにゃあ味の変ったのが欲しかんべえじゃあ、とか、おらのお古でよかったら使うがいいべさ、と云うくらいのものであった。——もちろんこれら亭主たち自身も「変った味」をせしめているのであるし、また、全部の人たちがそんなに脱俗しているというのでもない。「浦粕《うらかす》では娘も女房も野放しだ」と、はっきり土地の人たちは云っているが、それでも嫉妬《しっと》ぶかい人間もたまにはいて、ときに凄《すご》いような騒ぎの起こることも幾たびかあった。

助なあこの場合には、ねごとで恋の告白をしたというだけだったから、ほんのお笑いぐさとして忘れられてしまったが、傷ついた助なあことお兼とは、それぞれの立場で忘れることができなかったようだ。

初夏の或る午後、二人は根戸川の土堤《どて》で初めて話をした。その日は工場が休みで、助なあこは午《ひる》めしのあと、本を二冊持って土堤へゆき、若草の伸びた斜面に腰をおろして、本をひらいた。読んでゆき、頁《ページ》を繰《く》るが、なんにも頭にはいらない。活字の列はただ素通りするだけで、一行読むごとにきれいに消えてしまう。彼は音読もしてみた、一句ずつ指で押えながらやってみたが、やっぱり同じことで、いくら繰返し読んでみても、なに一つ頭に残らないのであった。

そこへお兼が来た。彼女は助なあこのあとを跟《つ》けて来たのだ、まえから彼のようすを見ていて、自分のほうからきっかけをつけなければならないと悟《さと》り、その日ようやく機会をつかんだのである。

「あら、助さんじゃないの」とお兼はいかにも意外そうに呼びかけた、「こんなところでなにしてるの、あら、勉強ね」

助なあこは本を閉じ、振り向きもせずに、じっと固くなっていた。彼は全身が火のように熱く、心臓が喉《のど》までとびだして来るように感じた。お兼は斜面へおりて来て、彼と並んで草の上に腰をおろした。すると、あま酸《ず》っぱいような女の躰臭《たいしゅう》と、白粉《おしろい》の匂《にお》いとが入り混った、なまあたたかい空気が彼を包み、彼は頭がくらくらするように思った。

「もう春もおしまいだねえ」お兼はその言葉の品のよさに自分でうっとりとなりながら云った、「水の流れと人の身はって、はかないもんだわねえ」

陽《ひ》の傾いた空にはうすい靄《もや》があって、根戸川の広い水面は波もなく、まるで眠っているように静かだった。あたためられた土の香や、若草の匂いがあたりに漂《ただよ》ってい、対岸の若い芦の茂みでは、ときどきけたたましく小鳥の騒ぐ声が聞えた。

「けけちかしら」とお兼が云った、「まだけけちにしては早いかしら」

見ると助なあこはふるえていた。蒼《あお》く硬ばった顔を俯向《うつむ》け、膝《ひざ》を抱えた両手の指を揉《も》みしだき、下唇を嚙《か》みしめながら、軀《からだ》ぜんたいでふるえていた。お兼はふしぎなよろこびを感じた。これまで一度も感じたことのない、ぞっと総毛立つような、快楽の戦慄《せんりつ》が突きぬけるように思った。

「あたしあんたが好きよ」とお兼は彼の耳に囁《ささや》いた、「あんた、芳野《よしの》の海苔漉き小屋、知ってるでしょ、知ってるわね」

助なあこは黙って頷《うなず》いた。

「あたしあんたに話したいことがあるの」とお兼は続けた、「今夜ね、七時ごろあそこへ来てちょうだい、来てくれる、ねえ」

お兼はそっと助なあこの手に触れた。彼はぴくっとなり、軀をいっそう固くし、そしてお兼の手に伝わるほど激しくふるえた。お兼はまた、あのふしぎなよろこびの感覚におそわれ、助なあこの手首をぎゅっと握ってから、それを放した。

「もうみんなが沖から帰ってくるじぶんだわ」とお兼は云って溜息《ためいき》をついた、「みつかると口がうるさいからあたし帰るわ、世の中ってままならないもんね」

お兼はもういちど夜の約束をし、鼻唄《はなうた》をうたいながら去っていった。助なあこは時間を計っていて、やがてそっと振り向いてみた。あまり長いこと同じ姿勢でいたため、首の骨がきくんと鳴り、頸《くび》の筋《すじ》がつった。お兼はもうずっと遠く、白い煙に包まれている石灰《せっかい》工場の近くまでいっていた。

「あんたが好きよ」助なあこは頸の筋を揉みながら、お兼の云った言葉をまねてみた、「あたしあんたが好きよ」

彼の顔が歪《ゆが》み、眼から涙がこぼれ落ちた。

もう春も終りだ、世の中はままならない、あたしあんたが好きよ、水の流れと人の身は、はかないもんね。それらの言葉が彼の頭の中で、一つ一つはっきりと、この世のものとは思えないほど美しく聞えた。それは殆んど純金の価値を持ち、純金の光を放つように思えた。

「おら一生、忘れねえ」助なあこはそっと呟《つぶや》いた、「どんなに年をとっても、死ぬまでも、きっと忘れねえ、きっとだ」

美しいものは毀《こわ》れやすい、毀れやすいからこそ美しい、などと云うつもりはない。ここには美しいものはないのだ、逆に、美しい感情がもてあそばれ、汚《けが》されるのであるが、助なあこの受けた感動だけは美しく、清らかに純粋であった。

彼はその夜、約束の時間に約束の場所へいった。芳野は堀南の釣舟屋であるが、季節には海苔もやるので、弁天社《べんてんやしろ》のうしろに漉き小屋と干し場を持っていた。そこは沖の百万坪のとば口にあり、畑と荒地に囲まれ、隣りの漉き小屋とは二百メートルもはなれていた。——日の永くなる季節ではあったが、もうすっかり昏《く》れてしまい、あたたかい宵闇《よいやみ》のどこかから、みみずの鳴く声が聞えて来た。お兼はもうそこにいて、暗い小屋の前から彼を呼んだ。助なあこは膝ががくがくするので、転ばないように用心しながらそっちへいった。

「待たせるのね、あんた」お兼はじれったそうに云った、「女を待たせるなんて罪よ、にくらしい」

お兼は衝動的に助なあこの手を握った。彼は狼狽《ろうばい》して、ぶきようにしりごみをし、握られた手を放そうとしながら、云った、「なにか話すことがあるって」

その声は喉でかすれ、言葉ははっきりしなかった。お兼は含み笑いをしながら、握った手をもっと引きよせた。土堤のときよりも強く、白粉と女の匂いが彼を包み、彼は眼がくらみそうになった。

「そうよ、大事な話があるの」とお兼は囁いた、「中でゆっくり聞いてもらうわ、ね、ここへはいりましょう」

「おら、――」と云って彼は足を踏ん張った。

「世話をやかせないで」

「それでも、おら」と彼は口ごもった。

「いいから」とお兼は荒い息をしながら、おどろくほどの力で彼を引きよせた、「なにもおっかないことするわけじゃないじゃないの、たまには男らしくするもんよ」

助なあこの歯ががちがちと鳴った。

お兼は彼を小屋の中へ伴れこみ、入口の戸を閉めた。この種の漉き小屋は、入口の三尺の引戸に南京錠《なんきんじょう》が掛けてある。しかしその多くはぐらぐらで、鍵《かぎ》の必要はなく、ちょっと引張れば錠前ごと抜けてしまい、出てゆくときには元のように挿《さ》し込んでおけばいいのであった。

「あんた、まだふるえているの」小屋の中からお兼の声が聞えた、「さあ、そんなにしてちゃ窮屈じゃないの、この手をこうしなってば」

ついで彼女の含み笑いが聞えた。

「助さん」とあまえた鼻声でお兼が云った、「あんた幾つ、――そう、十九なの、若いのね、うれしい」

お兼はそのとき三十五歳であった。亭主のしっつぁんは呑《の》んだくれの怠《なま》け者で、ときたま思いだしたように、なにかの雇われ仕事にでかけるが、「まる一日働いたことがねえ」といわれていた。博奕を打つでもなく、女にちょっかいを出すわけでもない。ただ酒を飲んで寝ころがるか、ぶらぶら歩きまわってむだ話をするだけである。云うまでもないだろうが、家計は稼ぎ手のお兼がにぎっていて、しっつぁんは与えられる小遣いでやっているのだが、そんなものが長くある筈《はず》はなく、彼はもっぱら奢《おご》ってくれそうな相手を求めてぶらつき、またしばしばお兼の男のところへいってねだった。

お兼は子を産まないためか、肌の艶《つや》もよく、浮気性の女に共通の嬌《なま》めかしさ、誘惑的な声と身ぶり、言葉よりずっと明確に意志を伝える眼つき、などをもっていた。それは洗練されたものではなく、生れつき身についたものであるし、実際にはこの土地ではそんな武器を使う必要は少しもなかった。

——お兼あまにどれだけ男がいるか、本当に知っているのは亭主のしっつぁんだけだ。

土地の人たちはそう云っていた。真偽のほどはわからないが、お兼と寝た男は、きまってしっつぁんの訪問を受ける。べつに文句をつけに来るのではない、相手の男を呼び出すと、ぐあい悪そうにもじもじして、「一杯飲ましてくれねえかね」と云う。相手が幾らか出せば貰《もら》うし、ないよと云えば温和《おとな》しく帰るだけであった。

助なあこの恋は、一と月ばかり続いただけで、無慚《むざん》にうち砕《くだ》かれた。或る夜、芳野の漉き小屋の中で、彼は怒りのためにふるえながらお兼をなじった。彼はお兼がほかの男たちとも寝る、ということを聞いたのである。

「そんなことといいじゃないの」と云ってお兼は助なあこを抱きよせようとした、「あたしが本当に好きなのはあんた一人だもの、浮世はままならないもんなのよ」

助なあこはお兼の手をふり放した。

「そうじゃねえ、そうじゃねえ」彼はふるえながら云った、「男と女の仲は蜜柑《みかん》の木を育てるようなもんだ、二人でいっしん同躰《どうたい》になって育てるから蜜柑が生《な》るんだ、お兼さんのようにあっちの男と寝たりこっちの男と寝たりすれば、せっかくの木になすびが生ったりかぼちゃが生ったり、さつまいもが生ったりするようになっちまう、おらそんなこたあいやだ」

「ばかなこと云わないで」そう云ってからお兼は急に怒りだした、「えらそうなこと云うんじゃねえよ、おめえだっておらのこと、おらの亭主から横どりしてるんじゃねえか、なにがなすびだえ、かぼちゃがどうしたってのさ、ふざけちゃいけないよ」

そして＊＊＊とひどい悪態をついた。

美しく純粋な、黄金の光を放つものが毀《こわ》れた。助なあこは自分を反省し、また独学に熱中し始めた。いちどならず「死んでしまおう」と思い、どこか遠い土地へいってしまおうと決心した。北海道かどこかの広い広い、はだら雪の人けもない曠野《こうや》を、頭《こうべ》を垂《た》れ、うちひしがれた心をいだいた自分が、独りとぼとぼと歩いてゆく。こう想像するたびに、彼は一種の快感にさえ浸されるのであったが、現実にそうする勇気は起こらなかった。

「むだなことを考げえるんじゃねえ」彼は机にしがみついて頭を振る、「そんなことに気をとられると出世のさまたげだぞ」そして他の水夫やエンジさんの騒ぎから身を護《まも》るように、両手で耳を塞ぎ、口の中で低く、本を音読するのであった、「——その構造のAは、原則として、スチイタアと、ロオタアの二部分に分れ、スチイタアの主躰は汽筒であって……」

お兼はもう助なあこには眼もくれなかった。工場の建物の前に蓆《むしろ》を敷き、他の女房や婆《ばあ》さまたちと並んで貝を剝きながら、陽気な声でお饒舌《しゃべ》りをし、みんなを笑わせている。助なあこが通っても知らぬ顔だし、彼を見たにしても、その眼にはなんの表情もあらわれない、犬か猫でも見るような、まったく無縁な眼つきであった。

しっつぁんも助なあこのところへは訪ねて来なかった。けれどもそれからのち、お兼の相手の男にねだるときは、次のようなことをぶつぶつと云った。

「夫婦てえものはおめえ、二人で蜜柑の木を育てるようなもんだ、その他人の育てた蜜柑をよ、只《ただ》で取って食うって法はねえもんだ」そこでしっつぁんはぐあい悪げに眼をそらすのである、「――他人のおめえ、夫婦の育てた蜜柑の木に生った蜜柑を食ったら、その駄賃くれえ払わなきゃあしょあんめえじゃあ、蜜柑はなすびやかぼちゃたあちがうからな」

こうして、「しっつぁんはすっかり役者（賢いというほどの意味）になった」という評《うわき》が弘《ひろ》まった。

繁《しげ》あね

私は青べかを二つ汃《いり》へ漕《こ》ぎ入れ、細い水路を二百メートルほどいった、川柳の茂みのところに繫《つな》いで、釣竿《つりざお》をおろした。三月はじめの曇った日で、風はなく、浅い水路の水は淀《よど》んだように澄《す》んでおり、実際には流れているのだが、殆《ほと》んど静止したままのように見えた。

私は竿をおろしてから、青べかの中にゆっくり坐《すわ》り直し、タバコを出して火をつけた。

そこは百万坪のほぼ中央に当っていた。北のほうに遠く、町の家並みが平らに密集していい、貝の缶詰工場や石灰工場から吐き出される煙が、雲に掩《おお》われた空へと、ゆるやかに、まっすぐ立ち昇っていた、(私のノートには「煙は上へゆくほど薄くなる棒のように」というつまらない形容が使ってある)町の東北のはずれから東にかけて、荒地の中に一筋の道があり、ひねくれた枝ぶりの、小さな松並木が沖の弁天社《べんてんやしろ》まで続いている。この土地では松が育たないそうで、それは「堀の三本松が一本だけにされた報い」だともいわれているが、慥《たし》かに、芳爺《よしじい》さんの家に近い、堀端にある老松のほかに松らしい松は一本もみあたらなかった。——そのひねこびた松並木を挟んで、枯れた芦《あし》の茂みがところどころに見える、それらはみな沼か湿地で、川獺《かわうそ》や鼬《いたち》が棲《す》んでいるといわれ、私も川獺は幾たびか見かけたし、それを捕獲して毛皮屋へ売って儲《もう》けようと計《はか》ったこともあるが、それはここでは省略する。——私はタバコをふかしながら、その芦の茂みから鷭《ばん》の飛び立つのを認めた。鷭という鳥は、私の家でもよく見ることができた。机に向っていると、窓のすぐ向うを飛んでゆくのである、黒地に星点のある羽根や、赤い足などですぐ、それとわかる。野鳥の中でこれほど美味な肉はない、ということを聞いていたので、川獺の場合とは別個の欲望から、その鳥もなんとか捕獲しようとこころみたが、ついに一度も成功しなかったので、一種の怨《うら》みからだろうか、かなり遠くからでも、鷭だけはみわけがつくようになった。

「蒸気河岸《がし》の先生よ」と云《い》う声がした、「釣れっかえ」

私はおどろいて振り返った。見わたす限り人影もなかったのに、突然そう呼びかけられたので、振り返る拍子にタバコを落し、それがあぐらをかいている膝《ひざ》のあいだに落ちたので、取って捨てるまでに、腿《もも》と脛《すね》を慌《あわ》てて叩《たた》いたりこすったりしなければならなかった。——そこにいるのは繁《しげ》あねであった。年は十二か三、たぶん十三歳だったと思うが、私が振り返ると、岸の上からにっと笑いかけて、もういちど同じ質問をした。

私はそれには答えないで、こっちから問いかけた。

「ええびだよ」と繁あねは答えた、「ただええびに来ただよ」

私はまた訊《き》いた。

「おんだらいつも一人だってこと知ってんべがね」

「妹はどうしたんだ」

「あまか」と少女は鼻に皺《しわ》をよせた、「墓ん場に寝かしてあんよ」

「鼬《いたち》にかじられるぞ」

「つまんねえ」

お繁は肩をすくめ、それからそこへしゃがんだ。すると垢《あか》じみた継《つ》ぎだらけの裾《すそ》が割れて、白い内股《うちまた》が臀《しり》のほうまであらわに見え、私はうろたえて眼をそらした。私は信じがたいほど美しいものを見たのだ。

繁あねは町じゅうでもっとも汚ない少女だといわれていた。乞食《こじき》あま。親なしで家なし。墓場に供《そな》えられる飯や団子《だんご》を食う餓鬼《がき》、それがお繁であった。躯《からだ》はできものだらけで、胸のところは腫物《はれもの》の膿《うみ》のため、着物がはりついて取れなくなっている。いつもどこかの海苔《のりす》漉き小屋か、納屋《なや》か、ひび置き場に寝る。風呂《ふろ》へはいることはないし、顔も洗わない。虱《しらみ》だらけ蚤《のみ》だらけである。もちろん親類もなく遊ぶ者もいない、というのがお繁であった。

それは決して誇張ではなかった。私もかなりまえからお繁を知っていたし、道で会えばたいてい呼びかけたものである。彼女はいつも垢だらけで、近くへ寄るとひどく臭かった。それにもかかわらず、彼女の軀の一部は信じられないほど美しかったのだ。両の内股は少女期をぬけようとするふくらみをみせていた。両股のなめらかな肌が合って、臀部《でんぶ》へと続く小さな谷間は、極めて新鮮に色づいていたし、膝がしらから踵《くびす》へとながれる脛の内側も、すんなりと白くまるみをもっていた。それは、成長しつつあるものだけがもつ神聖な美しさ、と云うべきもので、たとえどのようにあからさまになったとしても、決してみだらな感じは与えなかったであろう。ほんの一瞬間ではあったが、私はその美しさに深く感動した。

そのまえの年、お繁は妹と二人で両親に捨てられた。妹は生れてから百日くらいしか経《た》っていなかった。

お繁の父は源太《げんた》といい、釣舟の船頭であった。源太は鱸《すずき》釣りの名人で、どんな漁師も鱸釣りでは彼にかなわなかった。或《あ》る年のこと某県の知事が来て、源太の舟で鱸釣りをした。知事はもと某省の大臣であり、魚釣りと俳句がうまいので知られていたが、一度で源太が好きになり、機械船——発動機を備えた釣舟——を買って与えた。源太がいかに鱸《すずき》釣りの名人だったかということを、適切にあらわす言葉があった。「さあて」と彼は釣りにでかけるときに云う、「鱸を拾いにいくべえか」

機械船を持てば自分でしょうばいができる。それまで彼は「松島《まつしま》」という船宿に属していたが、初めて独立し、客もかなり付いた。裏長屋に住んでいるので、まだ船宿の経営はできなかったが、どうやら二年も経てばその望みが実現しそうに思われた。

そのとき、災難が起こった。——或る朝、彼は五番の澪木《みおぎ》の沖で釣っていた。霧の深い日で、十メートル先も見えないくらいだったが、その中を一艘《そう》の大型機械船がやって来た。それは濃い霧の中を、まっすぐにこちらへ近づいて来る、エキゾスの音が明らかにそれを示していた。

「おーい」と源太は叫んだ、「ここに舟があるぞ、たのむよう」

エキゾスの音で大蝶丸《だいちょうまる》だとわかった。大蝶丸なら安心であった。この辺が釣りの穴場で、いつも釣舟がいるということを、大蝶丸の者なら知っている筈《はず》だったから。源太はじっと船の交《か》わるのを待った。けれども先方はまっすぐに近よって来、突然、霧を押しわけるようにして、源太の眼の前にあらわれ、その大きな舳先《へさき》を源太の機械船の横腹へ突っかけた。

「おい」と源太は叫んだ、「待ってくれ」

だが彼の機械船は二つに割れ、彼は海の上へはねとばされた。そして、源太がようやく浮きあがってみると、割れた船の舳先のほうだけ、ゆらゆらと波の上にゆれていた。発動機のある艫《とも》のほうは沈んでしまったのだろう、大蝶丸も霧の中に隠れ、エキゾスの音もはるかに遠ざかっていた。

源太は船宿「千本《せんぼん》」の忠なあこに発見され、その舟に助けられて帰った。

「あの穴場は深《ふけ》えからな」と忠なあこは話を聞いて云《い》った、「とても機械を揚《あ》げることたあ無理だな」

そして大蝶丸のことには触れなかった。大蝶丸は町でいちばん大きな缶詰工場の持ち船であり、「大蝶」の旦那《だんな》は町で指折りの顔役であった。

「よし」と源太は自分に誓った、「うんとふんだくってくれるぞ」

彼はすぐ掛合いにいった。しかし「大蝶」では相手にしなかった。大蝶の扶原《ふはら》支配人は穏やかに首を振って、そんなことはないと云った。

「大蝶丸は缶詰を東京まで積んでいって、三時間ばかりめえ帰《けえ》って来ただ」と扶原支配人はゆっくりと云った、「あの船長は腕っこきで、そんな事故を起こしたことは一度もねえし、起こしたとすればちゃんと報告するだよ、海事裁判法（？）でそう規定されてるだからな、いゝしの云うようなことはありっこねえよ」

いゝしとは汝《なんじ》とかおまえとかいうほどの意味であるが、源太は怒って巡査駐在所へゆき、次に市の本署から、県の警察本部まで訴えにいった。しかしどこでも彼のために動いてはくれなかった。

「証拠があるのか」とかれらは云った、「大蝶丸だというはっきりした証拠があるなら取り調べてやるが、証拠のないものはだめだ」

源太は船を調べればわかると云った。大蝶丸の舳先には衝突したときの傷がある筈だからと彼は主張した。

「機械船の舳先なんてものは」とかれらは一様に云うのであった、「どこかへぶっつけてたいてい傷のあるものだ、それでもおまえの船へぶっつけたという証拠の傷があるなら取り調べてやろう」

こういう経過を辿《たど》って、本署から浦粕町へ連絡があり、駐在所の巡査がいちおう大蝶丸を調べた。その船はもう古いので、舳先の水切には無数の傷があったけれども、これが源太の船と衝突した跡だ、などと立証できる箇所はなかった。船長もいちおう訊問《じんもん》されたが、あたまから否定した。

「おらあ五番の澪木なんぞに近よったこたあねえ」と船長は答えた、「あのときは東京へ缶詰を送り出した帰りで、まっすぐ根戸川の川口《かこう》へはいっただ、船の者に訊《き》けばわかるだよ」

それからまたこうも云ったそうである、「源太が諄《くど》くそんなことを云うんなら、出るとこへ出てしろくろをつけべえ」

源太は頭《こうべ》を垂《た》れた。

彼は出るところへ出たのだ。県の警察本部までゆき、金も地位もない者がどんな扱いを受けるかということを、自分ではっきりと経験した。そうして「大蝶」という顔役を背景にした船長が、出るところへ出るとすれば、その結果もまたわかりきったものであった。

源太の酒浸りが始まった。彼は堀東の助二郎《すけじろう》の漁船へ乗ることになったが、漁から戻るとその足で酒屋へはいった。堀の山城屋《やましろや》という店で、塩か福神漬《ふくじんづけ》を摘《つま》みながら濁酒《どぶろく》とか焼酎《しょうちゅう》などを飲み、ぐでぐでに酔ってから家へ帰るのであった。——裏長屋の柱も傾きかかった家には、妻と娘が二人いた。上がお繁であり、下はまだ生れたばかりであった。帰って来た源太はむやみに喚《わめ》きちらし、少しでもさからうと猛《たけ》りたって、妻と娘を死ぬようなめにあわせた。

「うぬらもかたきだ」と彼はどなる、「寄ってたかっておらを踏みつけにしやあがる、さあ、くやしかったらおんだらの機械船を返してみろ」

「なんでも持ってけ」と彼はまたどなる、「こんな貧乏人の物が欲しけりゃあなんでも呉《く》れてやる、さあ、手でも足でも頭でも持ってけつかれ、なんでも呉れてやるぞ」

家へ帰れないときは、というのはあまり泥酔《でいすい》したということであるが、源太は消防ポンプ小屋へもぐり込んで寝た。一日じゅう、主人の帰りを待っていた家族は、夜が更《ふ》けてからこっそり家を出てゆく、そうしてごったくやと呼ばれる小料理屋や、「四丁目」または蒸気河岸の「根戸川亭」という洋食店の裏口をまわって残り物を貰《もら》い、僅《わず》かにその日を凌《しの》いでいた。

こうしているうちに、源太の妻が若い男と出奔《しゅっぽん》した。相手は缶詰工場の若い雑役夫で、源太の妻より六つも年下だったというが、これは町の人たちのいい話題になった。源太の妻は年でいうと三十ちょっと出たくらいだから、二十五六の男とできたというだけなら、浦粕町としては決して稀有《けう》な出来事ではないが、源太の妻というのは枯木のように瘦《や》せてい、女には珍しく頭が禿《は》げて、口は消防組長のわに久のように大きく、眼のふちは赤く爛《ただ》れて、歯も半分は欠けたり抜けたりしていた。

——あんなおっかあのどこがよかったのか。

女にすたりはないと云うが、それにしてもよくあんな女と駆落をする気になったものだ、よっぽどの世間知らずだったんだな。こう云って、町の人たちは飽きることなく笑いあった。

源太は気がぬけたようになった。漁にも出ず、酒を飲むでもなかった。部屋の隅《すみ》にころがされて、泣き叫ぶ赤児《あかご》の声も耳にはいらないのか、一日じゅう寝そべったまま、天床《てんじょう》か壁をぼんやりと眺めていた。

或る日、源太は山城屋へ飲みに来た。彼は助二郎の帳面のつけで焼酎を呷《あお》り、いくらでも呷った。「逃げてみろ」と酔った源太は蒼《あお》い顔で笑いながら云った、「逃げられるものなら逃げてみろ、へへ、いまに二人とも捉《つか》めえて、二人とも火祭りにしてくれるぞ」

そして、源太も出奔した。

お繁と乳呑《ちの》み児《ご》の妹とは、こうして親たちに捨てられたのであった。

町では姉妹を引取ろうと云う者はなかった。お繁はその生立《おいた》ちのため、人に対して好戦的であり、親から受けた病気で腫物が絶えず、それが汗と垢の匂《にお》いと入り混って、側《そば》へも寄れないほど臭かった。

町役場で二人の面倒をみることになったが、現実的にはなにもしなかった、あるいはできなかった、と云うのが正しいようである。お繁は役場へ近よらず、ごったくやとか洋食屋の裏をまわったり、墓場の供え物をあさったりして喰《た》べ、夜になると、海苔漉き小屋であれ、消防のポンプ小屋であれ、どこかの納屋であれ、好きな場所で寝た。乳呑み児の妹をどうやしなったかは誰も知らないが、赤児は丈夫そうに育っていた。——お繁はどこにいるかわからない。まだ暗いうち、ときには午前三時ころ、流れ海苔を拾いに南の浜へいそいでいる漁師が、百万坪の荒地のまん中で、妹を背負ったお繁に会う。

「ええっ」と漁師はとびあがる、「たまげたええ、繁あねじゃねえか、いまじぶんこんなところでなにしてるだ」

漁師の持っている提灯《ちょうちん》の光の中で、お繁はじろっと白い眼を向ける。

「いけ、ま」と少女は云う、「おんだらのことより、早くいって海苔を拾うがいいだよ」

或る日、お繁は消防のポンプ小屋の脇《わき》で、垢だらけの妹に小用をさせている。また町の家並みの裏をひっそりと歩いているし、或る夜は若い漁師が、ひび置き場の蔭《かげ》でお繁を見つけ、慌てて、伴《つ》れの娘とほかの場所を捜しにゆく。繁あねはどこにもいないし、同時に、どこにでもいるのであった。

「わあい」と子供たちが囃《はや》したてる、「お繁がまた墓ん場の物を喰べてるだ、げーんーが、げーんが」

げんがとは東京付近でいうえんが、またはえんがちょ、つまりけがれたというほどの意味であるが、するとお繁は妹を墓場に置いたまま、子供たちのほうへとびだして来る。

「ぬかすな、吉《よし》」とお繁はやり返す、「墓場の物を食うぐれえがなんだ、おめえのつかあなんかもっとげんがだぞ、中堀の巳之《みの》ことくっついて、夜中になると海苔漉き小屋へいって寝るだ、おんだら見てちゃんと知ってるだ、嘘《うそ》だと思ったら、田島《たじま》の漉き小屋へ夜中にいってみろ、二人でいっしょに寝て、尻尾《しっぽ》を踏んづけられた犬みてえな声だしてるだから、げんがたおめえらのことを云うだ」

そして、さも軽侮に耐えない、といったふうに唾《つば》を吐くのだ。もしそれ以上なにかからかえば、お繁は手と爪《つめ》と歯とで向ってゆき、じつに思いきった行動で相手をやっつける。頬《ほっ》ぺたや腕などに、お繁の歯形や爪跡のある子供は、二人や三人ではないようであった。

これが繁あねなのだ。しかもその軀はいま、内部から新しい彼女を創《つく》り出しつつある。私の眼に映った美しい部分には、成長するいのちというものが脈搏《みゃくう》っているように感じられた。――そうだ、まだ子供っぽい腰つきにもどこやらまるみがあらわれ、平たい胸にもいくらかふくらみがうかがわれる。野性まるだしの好戦的な眼はうるみを帯び、薄い唇は活《い》き活《い》きと赤く湿りをもってきた。——或るときは妹を背負っていさましく歩きまわっているが、或るときはぐったりと草地に坐り、脇で泣いている妹の声も聞えないように、手足を投げだしたまもの憂《う》げにどこかをみつめている。いま、極めて深いところから、かすかに、いのちの囁《ささや》きが彼女の眠りを呼びさまそうとしているのだ。

「ああつまんね」と繁あねが云った、「いくら見てえても釣れやしねえに、おらいくべ」

私はまたタバコに火をつけた。

「へたくそだな、先生は」とお繁は立ちあがりながら云った、「こんなへたくそな釣り、おんだらまだ見たこともねえ」

私は黙って沼のほうを眺めた。お繁の歩き去るのが聞え、まもなく、彼女のうたうわらべ唄《うた》が聞えてきた。

「——向う山で鳴く鳥は、ちいちい鳥かみい鳥か、源三郎のみやげ、なにょうかにょう貰って、金ざし釵《かんざし》もらって……」

# 編集後記

「美しい女たちの物語」というタイトルは、むしろ「勁《つよ》い女たち」と言い換えた方がいいかもしれません。

ここに納められた七篇の短篇のうち三篇は、年齢は違いますが、武家に仕える妻たちを主人公にしています。残りの四篇の主人公は、娼婦であり、津軽から流れてきた小女であり、缶詰工場の雇われ人であり、そして親に捨てられた少女であります。

山本周五郎の描く女の美しさは定評がありますが、その美しさの中に、「人間存在の根本にかかわる形での性」(縄田一男「対談　山本周五郎・人と作品」より)の「勁さ」が表現されていることが多く、ここに収録されている七人の女性たちも例外ではないからです。

女体に潜《ひそ》む性の愉悦の深さに溺れながら、「おさん」は、関わった男たちを道ずれにして身を滅ぼしていきますが、山本周五郎の筆は、それこそ医師がメスを揮《ふる》うときのように冷徹な目を持って、おさんの身体を解体していきます。

作家の山口瞳《やまぐちひとみ》さんは、エッセイ「小説の中の好きな女」で「繁あね」を取り上げています。繁あねを「乞食で、親も家もない。十三歳の少女である。軀にはできものだらけ。近寄ると臭い」と紹介した上で、主人公の「私」が、繁あねの内股があらわに見えたときの、「私は信じがたいほど美しいものを見た」という部分を引用しながら、「繁あねは女のエッセンスであり、この一瞬の出来事に感動する主人公は、『人間なんてかなしいものだな』と呟く山本さんの精粋であるように思われる」と書かれています。

「蜜柑の木」と「繁あね」の二つの作品は『青べか物語』から収録しています。このコレクションでは、『青べか物語』全てを収録する余裕がありませんので、この名作の香りを味わっていただきたく、あえて二作だけ収録しました。興味を持たれた方は、『青べか物語』全篇をお読みになることをお勧めします。

（文庫編集部）

# 初出一覧

おさん 「オール讀物」（文藝春秋） 昭和三十六年二月号
三十二刻 「国の華」（中央歌道会） 昭和十五年九、十月号
柘榴 「サン写真新聞」（サン写真新聞社） 昭和二十三年四月
つばくろ 「講談倶楽部秋の大増刊」（大日本雄弁会講談社） 昭和二十五年九月号
あだこ 「小説倶楽部」（桃園書房） 昭和三十三年二月号
蜜柑の木（「青べか物語 二章」）／繁あね（「青べか物語 七章」）
「文藝春秋」（文藝春秋） 昭和三十五年一月号〜十二月号

**山本周五郎《やまもとしゅうごろう》**

1903年6月22日、山梨県に生まれる。本名・清水三十六《さとむ》。1907年、東京に転居。1910年、横浜市に転居。1916年、小学校卒業後、東京、木挽《こびき》町《ちょう》(現・銀座)の質屋・山本周五郎商店に奉公、後に筆名としてその名を借りることになる。店主の山本周五郎の庇護のもと、同人誌などに小説を書き始める。1923年、関東大震災により山本周五郎商店が罹災《りさい》し、いったん解散となり、豊岡、神戸と居を移すが、翌年、ふたたび上京する。1926年、「文藝春秋」に『須磨寺附近』を発表し、文壇デビュー。その後不遇の時代が続くが、1932年、雑誌「キング」に初の大人向け小説となる『だだら団兵衛』を発表、以降も同誌などにたびたび寄稿し、時代小説の分野で認められる。1942年、雑誌「婦人倶楽部」に『日本婦道記』の連載を開始。1943年に同作で第十七回直木賞に推されるがこれを辞退、以降すべての賞を辞退した。代表的な著書に、『正雪記』(1957)、『樅ノ木は残った』(1958)、『赤ひげ診療譚』(1959)、『五瓣の椿』(1959)、『青べか物語』(1961)、『季節のない街』(1962)、『さぶ』(1963)、『ながい坂』(1966)など、数多くの名作を発表した。1967年2月14日、肝炎と心臓衰弱のため仕事場にしていた横浜にある旅館「間門園」で逝去。

昭和40年（1965年)、横浜の旅館「間門園」の
仕事場にて。(講談社写真部撮影)

本書は、これまで刊行された同作品を参考にしながら文庫としてまとめました。旧字・旧仮名遣いは、一部を除き、新字・新仮名におきかえています。また、あきらかに誤植と思われる表記は、訂正しております。

作中に、現代では不適切とされる表現がありますが、作品の書かれた当時の背景や作者の意図を正確に伝えるため、当時の表現を使用しております。

繁《しげ》あね　美《うつく》しい女《おんな》たちの物語《ものがたり》
山本周五郎《やまもとしゅうごろう》

講談社文庫
定価はカバーに
表示してあります

2019年10月16日第1刷発行
2021年10月8日第2刷発行

発行者――鈴木章一
発行所――株式会社　講談社
東京都文京区音羽2-12-21　〒112-8001
電話　出版（03）5395-3510
　　　販売（03）5395-5817
　　　業務（03）5395-3615
Printed in Japan

KODANSHA

デザイン――菊地信義
本文データ制作―講談社デジタル製作
表紙印刷――豊国印刷株式会社
カバー印刷―大日本印刷株式会社
本文印刷・製本―株式会社講談社



ISBN978-4-06-517013-7

# 講談社文庫刊行の辞

二十一世紀の到来を目睫に望みながら、われわれはいま、人類史上かつて例を見ない巨大な転換期をむかえようとしている。

世界も、日本も、激動の予兆に対する期待とおののきを内に蔵して、未知の時代に歩み入ろうとしている。このときにあたり、創業の人野間清治の「ナショナル・エデュケイター」への志を現代に甦らせようと意図して、われわれはここに古今の文芸作品はいうまでもなく、ひろく人文・社会・自然の諸科学から東西の名著を網羅する、新しい綜合文庫の発刊を決意した。

激動の転換期はまた断絶の時代である。われわれは戦後二十五年間の出版文化のありかたへの深い反省をこめて、この断絶の時代にあえて人間的な持続を求めようとする。いたずらに浮薄な商業主義のあだ花を追い求めることなく、長期にわたって良書に生命をあたえようとつとめるところにしか、今後の出版文化の真の繁栄はあり得ないと信じるからである。

同時にわれわれはこの綜合文庫の刊行を通じて、人文・社会・自然の諸科学が、結局人間の学にほかならないことを立証しようと願っている。かつて知識とは、「汝自身を知る」ことにつきていた。現代社会の瑣末な情報の氾濫のなかから、力強い知識の源泉を掘り起し、技術文明のただなかに、生きた人間の姿を復活させること。それこそわれわれの切なる希求である。

われわれは権威に盲従せず、俗流に媚びることなく、渾然一体となって日本の「草の根」をかたちづくる若く新しい世代の人々に、心をこめてこの新しい綜合文庫をおくり届けたい。それは知識の泉であるとともに感受性のふるさとであり、もっとも有機的に組織され、社会に開かれた万人のための大学をめざしている。大方の支援と協力を衷心より切望してやまない。

一九七一年七月

野間省一

本城雅人 境界〈横浜中華街・潜伏捜査〉
本城雅人 スカウト・デイズ
本城雅人 スカウト・バトル
本城雅人 嗤うエース
本城雅人 贅沢のススメ
本城雅人 誉れ高き勇敢なブルーよ
本城雅人 シューメーカーの足音
本城雅人 ミッドナイト・ジャーナル
本城雅人 紙の城
本城雅人 監督の問題
本城雅人 去り際のアーチ〈もう一打席!〉
本城雅人 時代
堀川惠子 裁かれた命〈死刑囚から届いた手紙〉
堀川惠子 死刑の基準〈「永山裁判」が遺したもの〉
堀川惠子 永山則夫〈封印された鑑定記録〉
堀川惠子 教誨師
堀川惠子 戦禍に生きた演劇人たち〈演出家・八田元夫と「桜隊」の悲劇〉
堀川惠子 小笠原信之 チンチン電車と女学生〈1945年8月6日・ヒロシマ〉
誉田哲也 Qros《キュロス》の女

松本清張 草の陰刻
松本清張 黄色い風土
松本清張 黒い樹海
松本清張 連環
松本清張 花氷
松本清張 ガラスの城
松本清張 殺人行おくのほそ道(上)(下)
松本清張 塗られた本
松本清張 熱い絹(上)(下)
松本清張 邪馬台国 清張通史①
松本清張 空白の世紀 清張通史②
松本清張 カミと青銅の迷路 清張通史③
松本清張 天皇と豪族 清張通史④
松本清張 壬申の乱 清張通史⑤
松本清張 古代の終焉 清張通史⑥
松本清張 新装版 増上寺刃傷
松本清張 新装版 紅刷り江戸噂
松本清張 大奥婦女記〈レジェンド歴史時代小説〉
松本清張他 日本史七つの謎

松谷みよ子 ちいさいモモちゃん
松谷みよ子 モモちゃんとアカネちゃん
松谷みよ子 アカネちゃんの涙の海
眉村卓 ねらわれた学園
眉村卓 なぞの転校生
麻耶雄嵩 翼ある闇〈メルカトル鮎最後の事件〉
麻耶雄嵩 痾《あ》
麻耶雄嵩 メルカトルかく語りき
麻耶雄嵩 神様ゲーム
町田康 耳そぎ饅頭
町田康 権現の踊り子
町田康 浄土
町田康 猫にかまけて
町田康 猫のあしあと
町田康 猫とあほんだら
町田康 猫のよびごえ
町田康 真実真正日記
町田康 宿屋めぐり
町田康 人間小唄

## 講談社文庫　目録

町田　康　スピンク日記
町田　康　スピンク合財帖
町田　康　スピンクの壺
町田　康　スピンクの笑顔
町田　康　ホサナ
舞城王太郎　煙か土か食い物〈Smoke, Soil or Sacrifices〉
舞城王太郎　世界は密室でできている。〈THE WORLD IS MADE OUT OF CLOSED ROOMS〉
舞城王太郎　好き好き大好き超愛してる。
舞城王太郎　イキルキス
舞城王太郎　短篇五芒星
真山　仁　虚像の砦
真山　仁　新装版 ハゲタカ(上)(下)
真山　仁　新装版 ハゲタカII(上)(下)
真山　仁　レッドゾーン(上)(下)
真山　仁　グリード〈ハゲタカIV〉(上)(下)
真山　仁　ハーディ〈ハゲタカ2・5〉(上)(下)
真山　仁　スパイラル〈ハゲタカ4・5〉
真山　仁　シンドローム〈ハゲタカ5〉(上)(下)
真山　仁　そして、星の輝く夜がくる

真梨幸子　孤《こ》虫《ちゅう》症《しょう》
真梨幸子　深く深く、砂に埋めて
真梨幸子　女ともだち
真梨幸子　えんじ色心中
真梨幸子　カンタベリー・テイルズ
真梨幸子　イヤミス短篇集
真梨幸子　人生相談。
真梨幸子　私が失敗した理由は
松本裕士　兄弟〈追憶のhide〉
円居　挽　丸太町ルヴォワール
円居　挽　烏丸ルヴォワール
円居　挽　今出川ルヴォワール
円居　挽　河原町ルヴォワール
円居　挽　原作 福本伸行　カイジ ファイナルゲーム 小説版
松岡圭祐　探偵の探偵
松岡圭祐　探偵の探偵II
松岡圭祐　探偵の探偵III
松岡圭祐　探偵の探偵IV
松岡圭祐　水鏡推理

松岡圭祐　水鏡推理II〈インパクトファクター〉
松岡圭祐　水鏡推理III〈パレイドリア・フェイス〉
松岡圭祐　水鏡推理IV〈アノマリー〉
松岡圭祐　水鏡推理V〈ニュークリアフュージョン〉
松岡圭祐　水鏡推理VI〈クロノスタシス〉
松岡圭祐　探偵の鑑定I
松岡圭祐　探偵の鑑定II
松岡圭祐　万能鑑定士Qの最終巻〈ムンクの〈叫び〉〉
松岡圭祐　黄砂の籠城(上)(下)
松岡圭祐　シャーロック・ホームズ対伊藤博文
松岡圭祐　八月十五日に吹く風
松岡圭祐　生きている理由
松岡圭祐　黄砂の進撃
松岡圭祐　瑕《か》疵《し》借り
松原　始　カラスの教科書
益田ミリ　五年前の忘れ物
益田ミリ　お茶の時間
マキタスポーツ　一億総ツッコミ時代〈決定版〉
丸山ゴンザレス　ダークツーリスト〈世界の混沌を歩く〉

# 講談社文庫　目録

松田賢弥　したたか　総理大臣・菅義偉の野望と人生
三島由紀夫 TBSヴィンテージクラシックス 編　告白　三島由紀夫未公開インタビュー
三浦綾子　ひつじが丘
三浦綾子　岩に立つ
三浦綾子　青い棘《とげ》
三浦綾子　イエス・キリストの生涯
三浦綾子　愛すること信ずること
三浦綾子　あのポプラの上が空〈新装版〉
三浦明博　滅びのモノクローム
三浦明博　五郎丸の生涯
宮尾登美子　新装版 天璋院篤姫(上)(下)
宮尾登美子　新装版 一絃の琴
宮尾登美子　東福門院和子《まさこ》の涙(上)(下)〈レジェンド歴史時代小説〉
皆川博子　クロコダイル路地
宮本　輝　骸骨ビルの庭(上)(下)
宮本　輝　新装版 二十歳《はたち》の火影《ほかげ》
宮本　輝　新装版 命の器
宮本　輝　新装版 避暑地の猫
宮本　輝　新装版 ここに地終わり 海始まる(上)(下)
宮本　輝　新装版 花の降る午後(上)(下)
宮本　輝　新装版 オレンジの壺(上)(下)
宮本　輝　にぎやかな天地(上)(下)
宮本　輝　新装版 朝の歓び(上)(下)
宮城谷昌光　侠骨記
宮城谷昌光　夏姫春秋(上)(下)
宮城谷昌光　花の歳月
宮城谷昌光　重耳《ちょうじ》(全三冊)
宮城谷昌光　介《かい》子《し》推《すい》
宮城谷昌光　孟嘗君 全五冊
宮城谷昌光　春秋の名君
宮城谷昌光　子産(上)(下)
宮城谷昌光　湖底の城〈呉越春秋〉一
宮城谷昌光　湖底の城〈呉越春秋〉二
宮城谷昌光　湖底の城〈呉越春秋〉三
宮城谷昌光　湖底の城〈呉越春秋〉四
宮城谷昌光　湖底の城〈呉越春秋〉五
宮城谷昌光　湖底の城〈呉越春秋〉六
宮城谷昌光　湖底の城〈呉越春秋〉七
宮城谷昌光　湖底の城〈呉越春秋〉八
宮城谷昌光　湖底の城〈呉越春秋〉九
水木しげる　コミック昭和史1〈関東大震災～満州事変〉
水木しげる　コミック昭和史2〈満州事変～日中全面戦争〉
水木しげる　コミック昭和史3〈日中全面戦争～太平洋戦争開始〉
水木しげる　コミック昭和史4〈太平洋戦争前半〉
水木しげる　コミック昭和史5〈太平洋戦争後半〉
水木しげる　コミック昭和史6〈終戦から朝鮮戦争〉
水木しげる　コミック昭和史7〈講和から復興〉
水木しげる　コミック昭和史8〈高度成長以降〉
水木しげる　総員玉砕せよ！
水木しげる　敗走記
水木しげる　白い旗
水木しげる　姑《クー》娘《ニャン》
水木しげる　決定版 日本妖怪大全〈妖怪・あの世・神様〉
水木しげる　ほんまにオレはアホやろか
宮部みゆき　新装版 震える岩〈霊験お初捕物控〉
宮部みゆき　新装版 天狗風〈霊験お初捕物控〉
宮部みゆき　ICO《イコ》―霧の城―(上)(下)

# 講談社文庫　目録

村上春樹　アフターダーク
村上春樹　佐々木マキ絵　羊男のクリスマス
村上春樹　佐々木マキ絵　ふしぎな図書館
村上春樹　糸井重里　夢で会いましょう
村上春樹・文　安西水丸・絵　ふわふわ
U・K・ル＝グウィン　村上春樹訳　空飛び猫
U・K・ル＝グウィン　村上春樹訳　帰ってきた空飛び猫
U・K・ル＝グウィン　村上春樹訳　素晴らしいアレキサンダーと、空飛び猫たち
U・K・ル＝グウィン　村上春樹訳　空を駆けるジェーン
T・ファリッシュ著　B・ルート絵　村上春樹訳　ポテト・スープが大好きな猫
群ようこ　いいわけ劇場
村山由佳　天翔る
睦月影郎　密通妻
睦月影郎　快楽のリベンジ
睦月影郎　快楽ハラスメント
睦月影郎　快楽アクアリウム
向井万起男　渡る世間は「数字」だらけ
村田沙耶香　授乳
村田沙耶香　マウス

村田沙耶香　星が吸う水
村田沙耶香　殺人出産
村瀬秀信　気がつけばチェーン店ばかりでメシを食べている
村瀬秀信　それでも気がつけばチェーン店ばかりでメシを食べている
虫眼鏡　東海オンエアの動画が6.4倍楽しくなる本〈虫眼鏡の概要欄　クロニクル〉
室積光　ツボ押しの達人
室積光　ツボ押しの達人　下山編
森村誠一　悪道
森村誠一　悪道　西国謀反
森村誠一　悪道　御三家の刺客
森村誠一　悪道　五右衛門の復讐
森村誠一　悪道　最後の密命
森村誠一　ねこの証明
毛利恒之　月光の夏
森博嗣　すべてがFになる〈THE PERFECT INSIDER〉
森博嗣　冷たい密室と博士たち〈DOCTORS IN ISOLATED ROOM〉
森博嗣　笑わない数学者〈MATHEMATICAL GOODBYE〉
森博嗣　詩的私的ジャック〈JACK THE POETICAL PRIVATE〉
森博嗣　封印再度〈WHO INSIDE〉

森博嗣　幻惑の死と使途〈ILLUSION ACTS LIKE MAGIC〉
森博嗣　夏のレプリカ〈REPLACEABLE SUMMER〉
森博嗣　今はもうない〈SWITCH BACK〉
森博嗣　数奇にして模型〈NUMERICAL MODELS〉
森博嗣　有限と微小のパン〈THE PERFECT OUTSIDER〉
森博嗣　黒猫の三角〈Delta in the Darkness〉
森博嗣　人形式モナリザ〈Shape of Things Human〉
森博嗣　月は幽咽のデバイス〈The Sound Walks When the Moon Talks〉
森博嗣　夢・出逢い・魔性〈You May Die in My Show〉
森博嗣　魔剣天翔〈Cockpit on knife Edge〉
森博嗣　恋恋蓮歩の演習〈A Sea of Deceits〉
森博嗣　六人の超音波科学者〈Six Supersonic Scientists〉
森博嗣　捩れ屋敷の利鈍〈The Riddle in Torsional Nest〉
森博嗣　朽ちる散る落ちる〈Rot off and Drop away〉
森博嗣　赤緑黒白〈Red Green Black and White〉
森博嗣　四季　春～冬
森博嗣　φ《ファイ》は壊れたね〈PATH CONNECTED φ BROKE〉
森博嗣　θ《シータ》は遊んでくれたよ〈ANOTHER PLAYMATE θ〉
森博嗣　τ《タウ》になるまで待って〈PLEASE STAY UNTIL τ〉

## 講談社文庫 目録

森 博嗣　ε《イプシロン》に誓って 〈SWEARING ON SOLEMN ε〉
森 博嗣　λ《ラムダ》に歯がない 〈λ HAS NO TEETH〉
森 博嗣　η《イータ》なのに夢のよう 〈DREAMILY IN SPITE OF η〉
森 博嗣　目薬α《アルファ》で殺菌します 〈DISINFECTANT α FOR THE EYES〉
森 博嗣　ジグβ《ベータ》は神ですか 〈JIG β KNOWS HEAVEN〉
森 博嗣　キウイγ《ガンマ》は時計仕掛け 〈KIWI γ IN CLOCKWORK〉
森 博嗣　χ《カイ》の悲劇 〈THE TRAGEDY OF χ〉
森 博嗣　ψ《プサイ》の悲劇 〈THE TRAGEDY OF ψ〉
森 博嗣　イナイ×イナイ 〈PEEKABOO〉
森 博嗣　キラレ×キラレ 〈CUTTHROAT〉
森 博嗣　タカイ×タカイ 〈CRUCIFIXION〉
森 博嗣　ムカシ×ムカシ 〈REMINISCENCE〉
森 博嗣　サイタ×サイタ 〈EXPLOSIVE〉
森 博嗣　ダマシ×ダマシ 〈SWINDLER〉
森 博嗣　女王の百年密室 〈GOD SAVE THE QUEEN〉
森 博嗣　迷宮百年の睡魔 〈LABYRINTH IN ARM OF MORPHEUS〉
森 博嗣　赤目姫の潮解 〈LADY SCARLET EYES AND HER DELIQUESCENCE〉
森 博嗣　まどろみ消去 〈MISSING UNDER THE MISTLETOE〉
森 博嗣　地球儀のスライス 〈A SLICE OF TERRESTRIAL GLOBE〉

森 博嗣　今夜はパラシュート博物館へ 〈THE LAST DIVE TO PARACHUTE MUSEUM〉
森 博嗣　虚空の逆マトリクス 〈INVERSE OF VOID MATRIX〉
森 博嗣　レタス・フライ 〈Lettuce Fry〉
森 博嗣　僕は秋子に借りがある I'm in Debt to Akiko 〈森博嗣自選短編集〉
森 博嗣　どちらかが魔女 Which is the Witch? 〈森博嗣シリーズ短編集〉
森 博嗣　探偵伯爵と僕 〈His name is Earl〉
森 博嗣　喜嶋先生の静かな世界 〈The Silent World of Dr.Kishima〉
森 博嗣　実験的経験 〈Experimental experience〉
森 博嗣　そして二人だけになった 〈Until Death Do Us Part〉
森 博嗣　つぶやきのクリーム 〈The cream of the notes〉
森 博嗣　つぼやきのテリーヌ 〈The cream of the notes 2〉
森 博嗣　つぼねのカトリーヌ 〈The cream of the notes 3〉
森 博嗣　ツンドラモンスーン 〈The cream of the notes 4〉
森 博嗣　つぼみ茸《きのこ》ムース 〈The cream of the notes 5〉
森 博嗣　つぶさにミルフィーユ 〈The cream of the notes 6〉
森 博嗣　月夜のサラサーテ 〈The cream of the notes 7〉
森 博嗣　つんつんブラザーズ 〈The cream of the notes 8〉
森 博嗣　ツベルクリンムーチョ 〈The cream of the notes 9〉
森 博嗣　100人の森博嗣 〈100 MORI Hiroshies〉

森 博嗣　的を射る言葉 〈Gathering the Pointed Wits〉
森 博嗣　カクレカラクリ 〈An Automaton in Long Sleep〉
森 博嗣　DOG&DOLL
諸田玲子　其《そ》の一日《いちにち》
諸田玲子　森家の討ち入り
森 達也　「自分の子どもが殺されても同じことが言えるのか」と叫ぶ人に訊きたい
森 達也　すべての戦争は自衛から始まる
本谷有希子　腑抜けども、悲しみの愛を見せろ
本谷有希子　江利子と絶対 〈本谷有希子文学大全集〉
本谷有希子　あの子の考えることは変
本谷有希子　嵐のピクニック
本谷有希子　自分を好きになる方法
本谷有希子　異類婚姻譚
本谷有希子　静かに、ねぇ、静かに
茂木健一郎　「赤毛のアン」に学ぶ幸福《しあわせ》になる方法
茂木健一郎 with ダイアローグ・イン・ザ・ダーク　まっくらな中での対話
森川智喜　キャットフード
森川智喜　スノーホワイト
森川智喜　一つ屋根の下の探偵たち

2021年6月15日現在